童山人文山水詩集

邱燮友◎著

自　序

一、

我愛詩，讀詩和寫詩，已成為我生活的一部分。小時候，曾讀李白的〈靜夜思〉：「窗前明月光，疑是地上霜。舉頭望明月，低頭思故鄉。」長大後，發現唐人的敦煌寫本，在詩句上有所不同，如「窗前山月光」，「舉頭看山月」，雖然詩意詩旨大致相同，因望月而思鄉，但「明月」和「山月」，便有很大的差異。因而想起李白（701～762）寫這首詩時，他所處的時、空變化。後人對李白作品繫年，說他二十五歲離開四川的家鄉，一生流浪，遊遍大江南北，江、漢、荊、楚、齊、魯等地，那這首詩是在甚麼地方，甚麼時候寫的？有人推測他在湖北安陸十年間所寫的詩，如果從「明月」來看，是住在平原上望月，如果原稿是「山月」，便是在山城或山居時所寫的詩。我們可以從詩句中的字面，了解創作此詩時的時、空背景，對詩篇的情意內涵，便有進一步的了解。

詩不分古今，只要是好詩，都會涵詠在心頭，久久不去，在讀初中時，當時國文課本，收錄了劉復（半農）（1891～1934）的一首〈小小農家的暮〉，這是一首描寫農村黃昏時刻很有情趣的新詩。詩句如下：

她在灶下煮飯，
新砍的山柴，
必必剝剝的響。
灶門裡嫣紅的火光，
閃著她嫣紅的臉，
閃紅了她青布的衣裳。

他銜著個十年的煙斗，
慢慢的從田裡回來；
屋角裡掛去了鋤頭，
便坐在稻床上，
調弄著隻親人的狗。

他還踱到欄裡去，
看一看他的牛；
回頭向她說：
「怎樣了——
我們新釀的酒？」
門對面青山的頂上，
松樹的尖頭，
已露出了半輪的月亮。

孩子們在場上看著月，

還看著天上的星；
「一，二，三，四，……」
「五，八，六，兩……」

他們數，他們唱：
「地上人多心不平，
天上星多月不亮。」

當年初中教我們的國文老師，是一位前清的秀才，對新詩很反感，教這一課時，便指責這首詩不通。他列舉三項加以責問：「你們看過那家的農夫，口中銜著煙斗？那家農夫鋤頭掛在牆上？另外孩子數星星，五，八，六，兩，數數目也不順。真是兩個鼓棰打鼓，不通，不通。」當時我們都很佩服這位老師，將這首詩批評得鞭辟入裡。後來我在大學裡教新詩，也將此詩作為教材，才發現劉復寫這首詩，是民國十年（1921年）留英時，在倫敦所寫的。難道英國農夫也要銜旱煙管嗎？他們的鋤頭也要放在屋角嗎？小孩數星星，大小孩數星星一，二，三，四，很順；小小孩牙牙學語，數星星時，五，八，六，兩，才有童趣。因此對一首詩的鑑賞，必須十分了解，才能精準的評析；否則，便會異想天開，向相反的方向誤導。喜愛詩歌，只要是好詩，不分古典和現代，你都會喜愛，進而你也會因感抒發，寫下動人的詩篇。

二、

我國的山水詩淵源流長，每個階段的山水詩，都有他們開拓的園地。例如在先秦時代，《詩經》中沒有整首的山水詩，但數句寫山水情境的句子，還是有的，例如：

昔我往矣，楊柳依依；
今我來思，雨雪霏霏。（〈小雅・采薇〉）

又如：

蒹葭蒼蒼，白露為霜；
所謂伊人，在水一方。（〈國風・秦風・蒹葭〉）

〈采薇〉詩中的情境，是寫出征軍人以前離家去當兵時，正是春天，「楊柳依依」寫景，也含有不忍離去之情，如今解甲還鄉，卻是「雨雪霏霏」，雪下得很大，也有旅途艱辛勞頓之苦。而〈蒹葭〉詩，是寫秋天蘆葦茂盛，沿著河邊行走，邊走邊思人的一首情歌。其中所寫的景色，是寫實的，雖算是局部的寫景，卻是很精美。

其次，如戰國時代楚國屈原（343～277B.C.）的〈九歌〉，其中有〈河伯〉和〈山鬼〉兩則，可算是神話山水詩歌，借黃河之神和巫山神女的神話，對黃河九曲，河伯娶婦的情景，加以描述；同時巫峽一帶的群山，神女峰是主峰，相傳巫山神女與楚王的相會，在〈山鬼〉中，巫山神女是騎一隻赤豹下山來找情人，是帶有浪漫的情景。可說是屈原開創了神話的山水詩。

但是一般的文學史，都指我國的山水詩是較晚出，如梁代劉勰的《文心雕龍．明詩》中所云：「老莊告退，山水方滋。」要到南朝宋代謝靈運（385～433）的詩，才是山水詩的伊始。他的〈登池上樓〉：

池塘生春草，園柳變鳴禽。

以及〈石壁精舍還湖中作〉：

出谷日尚早，入舟陽已微。林壑斂暝色，雲霞收夕霏。
菱荷迭映蔚，蒲稗相因依。……

這些詩篇，是寫實的，也是摹山狀水的山水詩。

唐代王維（701～761）的山水詩，是將佛學的禪思寫入詩中，開創了山水詩中的禪趣和禪境，增加了意在言外的詩歌張力。他的山水詩名篇和名句很多，例如〈終南別業〉：

中歲頗好道，晚家南山陲。興來每獨往，勝事空自知。
行到水窮處，坐看雲起時。偶然值林叟，談笑無還期。

又如他在輞川莊所作的二十首絕句，可說是字字入禪，句句入禪的詩。佛家的禪是不可說的，要靠心中的領悟，而以禪入詩，無形中開拓了山水詩的新境界。

宋代的山水詩，喜歡借山水詩來道出一番哲理。北宋蘇軾（1036～1101）的〈題西林壁〉，便是典型的例子：

橫看成嶺側成峰，
遠近高低各不同。
不識廬山真面目，
只緣身在此山中。

從這首詩來評論教育、社會、政治，甚至於一件事用不同角度評論，都可以引用。這個道理也可以相通；而「不識廬山真面目」已是成語，用法甚廣。
又如南宋楊萬里的〈桂源鋪〉：

萬山不許一溪奔，
攔得溪聲日夜喧。
到得前頭山腳盡，
堂堂溪水出前村。

這首詩的寓意頗為深遠，意謂人只要肯努力，遲早會找到出路。尤其首句「萬山不許一溪奔」，暗示任何事情不可能一黨獨大，或一枝獨秀，就如同百水自尋千路出，萬山不許一溪流，寓意深長。

三、

今日是白話流行的時代，在山水詩上依然繼承前人的腳步，承續前人的道路，往前開拓。山水詩不外是登山臨水時所寫的詩，詩人面對自然界的山水形勝加以描寫，而各人對山水之景所引發的情意和哲理，已將當時的文化背景和人文思想，融入山水詩中，產生人文山水詩的新天地。人文一詞，淵源於《易經・賁卦》：「觀乎天文，以察時變；觀乎人文，以化成天下。」日、月、星辰，是天文，而禮、樂、詩，數等文化典章制度，便是人文。詩人寫山水詩，自然會將人文，文化寫入詩中，就如讀徐志摩的〈再別康橋〉、《翡冷翠的一夜》，我們便可以由這些詩，知道康橋和翡冷翠等地的文化背景和當地的景物，這些便是人文山水詩的內涵。其實山水詩，除了描摹自然山水景色之外，還涵蘊著無限的山水哲學和人文情意，讀山讀水，讀遍天地間蘊藏的秘密，是人間的一大快事。

《童山人文山水詩集》是我繼《童山詩集》(1974年，三民書局三民文庫)、《天山明月集》(1995年，東大圖書公司，滄海叢刊)之後，所出版的第三本詩集，共收一百五十篇。在此要感謝書法名家及詩人汪中教授為我詩集的封面題峕，也感謝香港城市大學宋小君講師以及她的學生香港國際學校的小朋友屈俊匡、林祈睿聯合英譯〈武夷山聯想〉中八則小詩，以及國立雲林科技大學王晴薇教授幫我英譯〈國立雲林科技大學〉、〈大雪山雙子星瀑布〉、〈白鳥湖在霧中〉等九首。

讀詩和寫詩，永遠使人生活愉快、充實，只要我們留意身邊的人物或事物，觀察自然界的景物或現象，都會帶來生機和詩意。在一次由台北往花蓮的火車車廂中，人們討論花蓮的好山好水，台灣的後山是現代的桃花源；同時有人在討論台灣的政治社會。因此有感寫下一首色彩的〈車廂小札〉，作為本集自序的結語：

㈠

泛舟來到武陵溪上，
水面漂來盡是桃花片片，
我逆流而上，
尋找春色的桃源。

㈡

我不拒絕綠色的大地，
也不排斥白日藍天，
但在黃沙滾滾的煙塵中，
我拒絕四窮五絕的赤色。

如果，有一天，

藍天白日映照著綠色大地，
這時，是台灣最好的節氣。

邱垂友

2005.6.30

目次

旅遊卷：東歐之旅花束

旅遊卷：福州之旅詩頁

旅遊卷：美國記遊詩箋

童詩卷

一、蓮花塘

在一座寺廟旁，
有一個蓮花塘。
夏天的夜晚，
一排排和尚坐著念經，
敲木魚，咯篤，咯篤，……
池塘裏的青蛙相應著，
咯篤，咯篤，咯篤，……
南風吹來，蓮花開了，
一排排和尚們都睡著了。

1996.3.5

二、最後一名

寶寶把書包一摔，
向媽媽大發脾氣。
「寶寶，是不是在學校裏，
有誰欺負你了，
告訴媽，媽幫你出氣。」
「沒有人敢欺負我。」
「那你生甚麼氣呀！」
「媽，告訴你一個壞消息，
班上每次考最後一名的大偉，
已經移民到加拿大去了。」
「那很好呀！」
阿寶氣呼呼地說：
「那才不好呢！
現在班上最後一名
就輪到我了。」

1996.3.16

三、秋夜

秋天的夜晚，
像一棵大樹。
滿天星星，
便是滿樹倒掛的水晶葡萄。

有時，碧空藍藍像果園，
月亮彎彎像鐮刀。
偶然跌落的殞星流火，
便是鐮刀割下的瑪瑙櫻桃。

1996.8.20七夕

四、如果

如果我是一隻鳥，
我要飛到白雲裏，
然後變成白雲，
一起去流浪。

如果我是一片白雲，
我要變成魔術家，
然後變成一匹馬，
奔跑在青色的天空。

如果我是青色的天空，
我要做鳥和白雲的故鄉。
讓他們不再流浪，
永遠是故鄉的孩子。

1997.10.15

五、小英的故事

㈠虐待兒童專線

小英被媽責備後，
在床邊寫下一行電話號碼：
02-2722-9543
媽問小英這是誰的號碼？
「虐待兒童專線。」

小英的媽也在床邊寫下
一行電話號碼：
02-2703-8805
「媽，這是誰的電話？」
「虐待成人專線。」

小英把床邊的電話號碼擦掉，
然後對媽說：
「媽，你也把電話號碼擦掉，
因為我們都是一家人。」

㈡鞋子與孩子

小英急著要上學，

向媽媽要捷運卡。

媽媽說：「我又不是捷運卡。」

小英氣得將鞋子踢掉。

可憐的鞋子躺在牆角哭泣。

媽媽揀起鞋子，撫摸著鞋子說：

「鞋子呀，你真不幸，被人虐待又糟蹋。」

「媽，我不要上學了，

你去撫摸鞋子好了。」

媽冷靜地對女兒說：

「你要不要上學，不是媽的事。

孩子呀，如果你在外面生氣，用鞋子踢人，

向人道歉的，不是鞋子，而是你！」

2001.5.15

六、老人斑

年紀大了，
臉上、手上都會出現黑斑，
好比墨汁滴在紙上慢慢擴散。

和元問我：
「阿公，你手上、臉上為什麼會長黑斑？」
「阿公一生每做一件好事，
就會在身上留下一個記號。」
「那我也要跟阿公一樣，
日行一善，阿公真是個老童軍！」

「但是，有一天，
上帝來找我回去的時候，
臉上、手上有斑點便容易辨別，
才不至找錯人。」
「那可不要。阿公，
我要用立可白塗掉你的斑痕，
讓上帝永遠找不到你！」

2005.5.27

生活卷

〔童山人文山水詩集〕

七、太陽花

天火之後，熱風如焚，

炎炎太陽如同火球圍繞著四周。

快請第一射手后羿，

彎弓射落一串串火球，

千萬年後，小太陽落入乾草堆中，

像情花、像火種，四處擴散，

從此燃燒的愛情和情歌，流傳人間。

東風吹開一朵朵金色的花蕊，

帶笑的臉龐，迎接春天，

迎接太陽，熱情不滅。

當年墜落乾草堆中的火苗，

散發成金黃色的情種，

一朵朵忠心不二迎向太陽風，

千千萬萬的誓言向你傾訴，

你是太陽風，我是金色的太陽花。

1995.7.3

八、蝴蝶谷之戀

披著雲裳，隨著東風，
踩在群芳眾香的花蕊，走入春天。
儘管莊周夢見我，隱几南窗，
靈魂出竅，栩栩然與我走遍天涯；
儘管李商隱彩筆描摹過我，
借錦瑟的旋律，翩翩然拜訪伊人的家。
我依然是我，尋找至愛，
與她有約，共赴蝴蝶谷過彩夢一生。

繡球花成團，阿波勒成串，迎接盛夏，
日日春迎向天空，嫣紅淡紫海棠鋪成地毯，
紅木槿，黃雛菊，最美的是九芎的粉紅碎花，
成群的族類來了，銀蝶、粉蝶、彩蝶、黑蝶、鳳蝶……
像群芳的色彩，紛飛的花朵，
飽吸一季花蜜，只為一年一度的嘉年華會，
在草山北投群山環抱的深處，
盛裝共赴黃昏之約，是一生的最愛。

參加大地之舞，滿山蟬鳴喧聒，

為了愛，也為了下一代，

然後在西風來到前，飄然而逝……。

1995.7.25

九、螢火山

在仲夏之夜，
你我點燃一盞燈。
跨過小溪，來到山谷，
像天女散花，發散青春的火燄，
堆積成璀燦的螢火山。

是誰撒下的一片飛越的珍珠，
一夜間飛舞的流螢，如同夢境。
彷彿天上跌落的愛，
跌落在青山翠谷，花草叢林，
化作層層的螢光和禪燈。

我們分享了人間的至愛，
使大地之美，難忘的仲夏之夜，
珍惜螢火的聚會，珍惜你我的聚首，
為了這一夜，為了實踐盟約，
明日我們又回到源頭，等待重生。

1995.8.21

十、敦煌玉琵琶

是和闐白玉，琢成的玲瓏曲線，
彷彿一握佳人的渾圓。
安上絲弦，扣動關塞邊聲，
不再是高山流水，十面埋伏，
而是伊州草原，涼州古調，
訴說千年不變的相思和心曲。

配上一把玉笛，與你和弦，
音符散發楊柳風輕，婀娜柳枝，
從腳尖點出琤琮的旋律，
走過綠洲，舞過瓜州、沙州，
邁向敦煌的暮春，
絲路上飛花滿天。

玉琵琶，動關情，
是碎花流金，春泉暗流，
多少歲月從樂聲中喚回唐人的輕盈。
然而哀怨的傾杯樂，隨西風吹響，
鳴沙山，白龍堆覆上層層冰雪，

惟有敦煌的玉琵琶，打通絲路，
像飛天花雨的天籟，傳誦至今。

1995.8.24

十一、夢中的婚禮

輕盈的節奏，喜悅的禮讚，
賓客們列席進入白雲的故鄉。
雲霞堆砌玫瑰的絢麗，
當婚禮奏起樂章，
小天使飛撒五彩鮮花香瓣。
你踩上彩虹地毯，
在天邊橡樹下有個家等著你，
夢中的婚禮，夢幻的新娘。

八月月光瀉地像流黃，
恰似尼加拉瀑布濺起層層水花。
相傳遙遠的南方，水草豐腴，
我願和你像候鳥飛往溫暖的地方，
這時流動的琴鍵滑過林園，
輕風揭開湖上神秘的面紗，
一睹你明潭般明媚的風采，
然後在橡樹下水草處結個家。

1995.8.27

十二、一幅畫面

當我閉目暝想，
一幅畫面呈現眼前：

跟江南柳葉藏鶯的輕軟不同，
已是秋後，
不屬於陽春白雪，
也不屬於東風引綠的季節。

恰好窗外一格細葉的綠，
也許是櫸木、櫟木，或許是樟樹。
在一片濃蔭中，一對翠鳥，
歡欣跳躍，跌落巧舌碎玉的鳥聲。
樹後藍天湛深似海，
沒有白雲，也沒有波浪，
一直湛藍到心靈最深處……。

1995.9.8

十三、永恆的雕像

揭開薄紗，
燃起一支香，
默默禱祝，
向心靈訴說今生的願望。

一幅寧靜的畫面，
是人神交會的凝結。
於是洛神跨越秋水而來，
濺起一粒粒渾圓的水珠，
象徵一生所訴的諾言。

這時青山蒽翠如玉鍾，
與山澗的春泉流玉，秋水橫波，
構成無盡思維的延伸，
是一尊愛的寫生，永恆的雕像。

1995. 9. 8

十四、椅子

你說偌大的場子，怎麼箇看臺沒人來坐，
星光黏在椅子上，冷起寂寞。
你說怎麼箇只有幾人穿過夜空慢跑，
繞著場子猶如運轉的行星。

這是甚麼箇空氣襲來秋意，
看臺上夜色加濃浪漫情趣。
是怎麼箇濃稠的甜蜜黏在四周，
這是甚麼風使我們感受到秋意情濃。

偌大的空間像銀河系中的宇宙，
微風流過宛如滾滾長河。
夜幕下怎麼箇星子都縈繞著我們，
長河裏我們又回到花香的節候。

當我們離開後，椅子又朝向天空，
偌大的場子，仍然被夜氣吞沒。
每當我們再次走過看臺，
想起黏在椅子上的星光，
還有黏在椅子上的回憶和最初……。

1995.10.28

十五、月子紀事

新月如鉤，如銀，
想你，搭上月的小船，渡過銀河，
來到江南，在黃蘆岸停泊。
記得你一襲白色羅衣，當時初見，
你是否在銀河口？等我上岸。

半月如玉，如梳，
想你，在窗前梳理長髮，
我是輕風，梳過翠湖的柳絲。
記得盈盈秋水，江南花氣襲人，
你是否願意，在湖邊結廬同住？

而今，滿月當空，月色如玉，如銀，
想你，彷彿峨嵋山下看小月，
敦煌大漠一輪皓月上沙洲。
記得在夢裏雙手捧月，與月同行，
那怕是新月、半月、春月、秋月，
只要有月，思念恰如長夜綿延不絕。

1995.11.6

十六、明潭紀事

一九九〇年二月，參加高中文藝營講習，與楊昌年、沈謙、馬森、張素貞教授，夜遊明潭，歸而成篇。

一、

昨夜我來時，
明潭的水浸潤在薄霧中沈睡，
粼粼的湖光，不起半點漣漪。
我們對著夜，談毛家酋長，
毛家公主如今住在那裏？
當年公主十五歲吧，噢！
如今也該是一甲子了。
回首星子老去，往事卻鮮明，
如同今晚明湖的夜空。

二、

清夜，回到梅村客廳，
窗外梅花未開，草息隱隱透紗窗。
朋友們都在細數子女的成長，
年輕的故事，愛的傳奇。
入夜後，窗外蟋蟀在弄笛，

鳥已無聲，蟲鳴四起，
只有鴟梟鼓舌敲響山谷，
呼咕咕，呼咕咕，
好似在提醒：「別煞風景，
如此良夜，明潭翠谷，
怎麼可以倒頭就睡？」
於是我想起：
親人的離去，才體會自己的成長；
子女的離去，才察覺自己的老邁。

三、

清早，鳥聲在窗前噪晴，
才發現梅樹的濃綠，竹葉的嫩黃，
杉木的挺直與翠墨，
與明潭的清輝，天工造色對比。
配上幾枝早春的櫻花和杜鵑，
淺笑在青山斜坡間迎接你。

四、

談文學，說人生：
年輕如花似玉，是一首情詩，
年老像枯木枯枝，是一篇
聱牙難訓的雜文。

1995.02.06

十七、飛越澄清湖

傳說，千萬年來，
南國有一個不乾的湖泊，
湖面澄清，像一個仰天的大貝殼。
湖邊濃蔭，有古典的風情。
我們飛越古今，飛越澄清湖，
面對民間文學的號召，化作繽紛的花朵。

也許長白山風雪早已冰封天空，
我們飛越障礙，飛越時空，
來到江南軟玉般的青山，
棲息在青草如絲的河岸。
我們在傳習齋、傳誦沒手的媳婦，
張仙送子的故事，江南紹興戲的嫵媚。
那一夜，我們飛越澄清湖，
在星月交映下，留下難忘的印記。

澄清湖，溫暖如同非洲的海岸，
長長的堤岸，長長的燈火，像夢。
古老的中國，在《紅樓夢》眾芳國的口中，

「男人是土做的，女人是水做的。」

在南方，溫暖的高雄，

椰風訴說著：「男人是草息，女人是花香。」

我們來自北國的候鳥，飛越澄清湖。

在草息花香間，迎接快樂的暖冬。

1995.12.17參加民間文學學習研討會

十八、恰好送給你

十二月是最懷人的季節，
冬陽可愛，暖暖地暖人心窩。
閉上眼瞼，面向太陽，
有千萬朵紅紅的玫瑰，
像夢境無限延伸，
恰好送給你，心中的思念。

依稀夢見你，夢中的你，
穿著一襲紅色的外衣，
紅得就如同紅紅的玫瑰。
十二月是最懷人的季節，
儘管北風如烈酒，
灌醉千里楓林，萬里酡雲。

年華遠去，歲月將殘，
十二月依然是最懷人的季節，
甚麼時候才能回到愛的故鄉，
撫你以髮絲，捧你以容顏，
在耳邊呼喚你呼喚春天，
直到千里煙霞，萬里桃紅。

1995.12.8

十九、第一次

在銀杏樹下，組成一個家，
一群孩童圍成一個圓，

第一次用枯枝、草葉……煮一鍋飯，
「你當爸爸，我做媽媽。」
「那巧巧、毛毛呢？」
「他們都是爸媽的寶貝！」

銀杏樹外，仙女花、紅木槿，紅的像太陽，
陽光下，草地上，有蝴蝶飛來。
他們像風散開，
去追逐蝴蝶，追逐童年。

第一次握住你的雙手，
彷彿在銀杏樹下見到你，
你低頭像青梅伴侶。
那是好久好久的事，怎能忘記？
那晚，天外飛霞一直紅到天邊，
花樹間蝴蝶都化作螢火，

我們攜手在草地上追逐星星，

好比一陣風追逐另一個夢境。

1995.12.20

二十、一口井・一畝田

一口井，養許多人家，
一畝田，養四口人家，
少年都留不住往城裏跑，
井已廢了，田已減少，
綠地被吞噬，食物也在減少。

城裏大樓一棟比一棟高，
重重疊疊的窗子，
明淨的倒影，好比家鄉豎立的梯田。
街道上穿梭的爬蟲盡是毒龍，
人們在高樓陰影下蹀躞，
命運註定，食物愈來愈難尋找。

嘴上掛著：「我是快樂的出外人。」
心頭念著卻是故鄉的黃昏。
甚麼時候，才能踩著田間的露草，
回頭已是芒花滿谿的白頭。

1996.1.2

二十一、伊說

把髮留長，
為的是計算我們共處的時光，

思念依附在髮上，
每當迎風輕揚，
便自然想起你由衷的關愛。
於是三月柳絲因春而嫩綠，
四月薔薇因風飄香而送紫，
五月石榴因你而夏而紅。

從此絲髮有太多太多的夢，
附著的相思隨季候而加重。
在沈沈的負荷中絲髮不再輕揚，
想你從春到夏，從夏到冬，
久別分離連長髮都開了岔，
久未會面怕你的心也分了岔，
早知如此，也會因你而短。

只可惜，那段剪落的髮，
等不及到白頭。

1996.1.05

二十二、夜話

你晶瑩剔透像一塊白玉，
每當初三，便看到你稍露娥眉。
一彎銀鉤，
鉤住古典中國合歡床上的雲帳，
將雲帳放下，
綿綿春夢，在枕邊流過像春水……。

觀音山和淡水鎮在對話，
夜空下，心靈交織成了情侶，
這種天籟，又有誰能聽到？
從此兩岸點燃彩燈照亮臉龐，
山的輪廓，城的建築，
入夜後更加清新而嫵媚。

一襲襲夜風忙著傳送，
潮汐的呼吸，生死的相許，
好多好多的浪漫和傳奇，
隨風雨聲，潮汐聲，飄入了夢中，
只有滿天星月做了見證。

在海天交融下，河海交匯處，

風來兩岸，潮來兩岸，

千萬年之戀，城山不變的情，

淡水的漁歌，傳送水族迎親的歡樂，

這些也只有星子知道他們的秘密，

夜夜聆聽他們在絮語。

1996.1.10

二十三、淡水潮汐

趁夜色迷濛，
我踏潮而來，尋找春夢。

第五夜，第五夢，
酒後的微醺，花也朦朧。
彷彿河中晚潮暗湧，
夢裏落紅無數，月影浮動。

當破曉時分，潮已退盡，
無盡綠意蘊藏在潮起潮落中，
我踏彩霞歸去，
遺留下一個溫馨的夢。

1996.1.28

二十四、彰化論詩

彰化論詩，敦煌軟舞傳遍，
一曲〈傾杯樂〉，帶你走入唐人的風流。
嘗土產，花生肉丸也很香甜，
車過通霄，苗栗，
山歌，茶話，勝過桃花源。

如果伊人也甘心跟你輕狂，
到新竹廟口唱駙馬帝王爺。
喫米粉、貢丸、蚵仔煎，
然後吹一夜竹風，
包管全身舒泰，做了一夜神仙。

1996.2.5

二十五、短歌(一)

瞬間的燦爛，滿足一生
好比春來櫻花開滿一樹
想你，念你，
如同一串念珠，
一顆顆都是珍貴的，
周而復始，永無止息。

1996.2.6車上

二十六、峭壁傲骨

越來越像挺立在谷口的峭壁，
是枯木，是頑石，
熬過無數風霜，傲然骨立。
斜風夕陽下，不畏蕭索，
一條條經脈，盤根錯結是古松的根，
一層層山石，縱橫雕刻是歲月的落痕。

於是往事越久越發清晰，
晴空的遠景，童時的回憶。
近事卻似霧中花，朦朧難得記起。
駑傲獨立，站著坐著都能瞌睡，
躺著反而心事滿懷，
輾轉難以成眠。
果然老了，連歲月都生皺紋，
那皺紋深深地刻印在峭壁上，
是一塊頑石，枯立在蒼茫的夢境。

1996.2.7

二十七、風中的詩

你從風中來，
吹落一片葉子。
我想將詩句寫在葉上：
「告訴你，春寒季節，
葉上的網絡，刻著相思。
由青而黃，由黃而褐，
記錄四季的風采和事蹟。」

風中的一葉，讀著風中的詩，
隨風傳來暖意襲上心頭。
沒有距離，也沒有時空的對位，
只有日夜思念，薰染一首詩，
就如一襲東風，一往情深，
薰染一川煙樹，一樹桃紅。

1996.2.28

二十八、璞玉的獨白

真喜歡用雙手和身軀
緊緊地裹護你，
好甜、好蜜、跟你過一生一世。
屬於筍殼裹護竹筍，
屬於璞石包住白玉，
屬於無盡的愛，無以取代的幸福。

這是何等矛盾自私的念頭，
為甚麼美材不讓世人知道？
你是幽篁中展露新姿的新竹，
你是冰心玉潔的一塊白玉。
為甚麼我竟如此自私，
不讓世人知道你的真，你的美。

也許我的想法錯了，你說？
還是喜歡用雙手緊緊地擁著你，
回到深埋在泥中未出土的筍，
回到原始的深溪谷底，
千萬年來未被琢開的一塊璞石。

1996.3.4

二十九、鄉野三朵花

晚風牽動紅高梁枝幹，
黃昏，是最思人的時刻。
鄉野晴空，初三新月初上，
但願常伴玉月如銀，
在你身旁綻開第一朵星花。

大野午夜是黑甜鄉，
黑甜如同醉人的酒釀。
這時曇花將四季的相思，
奮發生命，在一夜間，
慢慢展露千層白色的花瓣，
一枝嬌嫵欲滴的燈花。

清晨大地甦醒，
草葉頂著珍珠，霞光燃燒鄉野，
路上行人已忙著上工、上班，
惟有竹籬旁，細草邊，
一朵含情向日葵，張開手臂，
迎向你，你是心中惟一的太陽。

1996.5.19

三十、短歌(二)

那天下午，你飄然而來，
彷彿回到童年，
在花樹下點燃一盞心燈，
宛如元宵燈節，火樹銀花，
迸射出千朵蝴蝶。

雪與火，冰與熱，
幾度迷惘於海外黃昏，
在海濱花園，沒有與你共渡。
如今，燃燒的歲月中，
似真似夢，進入夏的幻境，
迎來的是千朵銀花，萬朵飛蝶。

1996.5.27

三十一、放假

放假，真好
我喜歡，喜歡
大地是一本書讀不完，
拿起樹枝當筆，
畫一幅彩虹的海棠，
九重葛、公雞花和跳舞蘭，
繽紛的假日，歡樂的夏天。

放假，我喜歡，喜歡
毛毛和倩倩，帶他們的狗來玩，
一起爬過彩虹的橋，
穿過綠色的森林隧道。
蜜蜂收起牠的劍，
蝴蝶喝醉陽光散在花間，
我們去追逐貝貝，追逐蜻蜓，
綠色的午夏，歡愉的童年。

放假，真好，我喜歡，
坐在風中，

看南洋杉伸展墨綠的臂膀，
阿波勒張掛黃金色的燈串。

樟樹，油加利，欖仁樹，
努力把藍天染成綠天，
偶爾陽光漏下花花的金幣，
灑了一地的圓。
最可惡的是躲在綠蔭中的蟬，
牠用聲音聒噪了一夏，
佔據了整個公園。

1996.5.30

三十二、絃樂四重奏

——為音樂家郭伯偕《絃樂四重奏》題詩

樸素的歌，鄉土的夢，
響自你我心靈的天空。
在風中呼喚你，
故鄉，親情，愛情，……
遙遠如同一道彩虹。

為你寫一首首詩，
象徵一座座山岳屹立；
為你譜一弦弦曲，
象徵一條條流動的河。
愛的世界裏，有說不盡的故事，
開出你我絢麗的四季紅。

1996.6.2

三十三、短歌㈢

吹一把短笛，清脆的音符，
催開繁花盛蕊。
南風起，夏之潤，
我願是桃花心木，投向你，
以飛旋的花朵鑽向地心。

迎接你，以微笑，以真誠，
無須彎腰，也無須怨悔。
南風起，夏之潤，
潤澤草木，莽莽紅塵，
迎接你以一夏的喜悅和歡欣。

1996.6.11

三十四、望夫石

也許負荷太沈重，
關愛和思念太多。
懷念如鋼，步履如石，
當我登上山頂，離情如海風，
撕裂白雲，淚染白雲而紅，
我枯立在歲月中，苦苦等待，
紅了桃花，白了梨花，黃了木芙蓉，
飄零的日子，如花瓣，如霜，如雪。

我不會向歲月低頭，只等你歸來，
不要遠行，我怎能放心，
擔心你，一路風雲詭譎，
情海鯨吞，南國遙遠有誰知道。
別後，日出日落，花開花謝，
思念爬上心頭，每夜，
如同星星爬滿夜空的憂鬱。
懷念滋長青苔，
一分一寸覆蓋全身。

我為你送行，心想最好不要遠行，
世間多少情關，捕捉不住過境的風，
一去便沈入杳杳的雲海煙塵，
獅子山上的望夫石，便是見證。
當年送你，手牽大寶，背負小如，
送你南行，也嘗到風雨飄零的苦楚。
離別的淚，凝成五月霜，六月雪，
念思凍結成冰，結成一尊望夫石。
仍然屹立不變，久久，久久，
埋首在遠方的雲海茫茫，煙塵滾滾。
等待，是惟一的希望，
紅了桃花，白了梨花，謝了木芙蓉。

這次你遠行，讓我送你一程，
仍然是百年千年沈重的離情，
但願你早日歸來，
我不要念思成石成鋼，
成一尊現代城市中的望夫石。

1996.6.13

三十五、夏夜

與你攜手，
涉過青草淺灘，
一輪明月，好圓，好黃，
好比少年時，
天真無邪，指一輪明月，
是佳人。

雨後的夏夜，
似幻似真，
走過綠蔭小道，好美，好靜，
一起步入神話中的王國，
你是王，我是后，
共渡一生。

1997.7.1

三十六、車禍

——小心駕駛，尊重生命

經過一度猛烈碰擊之後，
一個機車騎士的靈魂被撞出軀體外，
他驚訝自己破碎的身子，
怎樣會躺在血泊之中……。

好多人圍過來，車子也都停了下來，
吵雜聲討論剛剛突發的車禍。
那個魯莽的司機，
驚慌地說不出話來，被警察帶走，
「你看，把人家撞成這個樣子！」
「快打一一九，叫救護車！」

一個靈魂無奈地雙手抱著頭，
不聲不響坐在安全島上，
看著自己殘破的軀體，
不知如何是好……。
在馬路上染成一灘紅海棠，
朝陽下，留下難忘的瞬間印象。

不久後，車輛恢復往常般忙碌，
馬路上好似沒有發生甚麼，
只是安全島上有人哭泣過，
曾留下一些淚水，
一些冥紙焚燒過的痕跡。

1997.8.14

三十七、老樟樹

有過繁華的歲月，
也有過蕭瑟。
千年萬年來，
屹立東海島上，
傾聽中央山脈的脈動，
颱風的吞吐，海潮的呼吸。

流金歲月，我是大地的老者，
皺紋千條萬款，
深深紀錄著烽火和災難。
古籍鐫刻琉球和台員，
是秦始皇心中的最愛，
徐福追逐過的蓬萊雲煙。

荷蘭人踐踏過的紅毛城，
武士刀砍過，樹身刀痕累累。
老樟樹呀，老樟樹，
曾經與鳳梨、蔗糖揚名宇內，
曾幾何時，樟樹已老，皺紋千條，

然而仍是屹立東海島上，
千年萬年不朽的老神木。

1996.9.17

三十八、敦煌沙暴

活著在沙漠上，
連耳根都成了洞穴，
喃喃的梵音，夾雜千年風聲，
一尊尊金身挺立夢中，
莫高窟沾滿沙塵。

在沙暴來臨之前，
眼前飛騰的草團、枯枝，
如魑魅煙影，急遽消失，
一切都封閉，深瑣心扉，
惟有門前的巨石，石敢當，
把風暴擋在門前。

活在沙漠裏，
連頭髮也變成一撮枯草，
幸好草下坎兒井在流，
我箕踞牆角下，
想秋日晴空，禿鷹在盤旋，

想春風來時，從天山流下
澆醒心中的一朵小花。

1996.9.28

三十九、也許

秋天的日照越來越短，
陰風的日子，雨腳卻越來越長，
卿卿，也許跟你相處的歲月越來越少，
秋雨綿綿，愛你的情份卻越來越濃。
銀絲亂髮，是蓬蓬蘆草蕭瑟在風中，
落日渾圓，是心頭悲壯的暖紅。

也許寒冬就要降臨，
春日的溫馨，夏日的狂放，
依然跳躍在秋季裏的記憶。
卿卿，期待小陽春，
雖然是冬天裏短暫的夢，
把握一瞬的春夢，也是永恆。

也許黑夜就將來臨……
儘管秋日日短，愛你卻與日俱增。

1996.10.14

四十、無子西瓜

沒有孩子的夫婦，
像無子西瓜一樣。
喫起來依然甜美，
只是不曉得怎樣接種。

1997.11.15

四十一、孔雀年華

禁錮籠中，只留下華麗的外表，
我日夜反芻歲月，與孤獨同在。
佇立樹顛，有不可一世的傲氣，
自我沈思，卻有不盡的依戀和無奈。
終於，你來了，你的來訪，
使我悟出人生的奧秘：
我把羽毛上絢麗的色彩，
刺青在你身上；
我以生命的光華，
博得你的青睞。

1996.12.10

四十二、太魯閣之春

是誰用巨斧鑿開山門，
立霧溪是流動的玉。
山中傳來歌聲，那魯娃……
是春之火，山之聲，
太陽金箭射向萬馬奔騰的巖石。

相傳一個阿美少年，
尋找小鹿，尋找伊人，
迷失在花海櫻花林，
那魯娃，你在那裏？
你的名字，迴旋在青山翠谷中，
像流動的玉，飛舞的雲。

千山萬壑有野鳥啼鳴，
萬壑千山有金箭花影。
梅花、桃花、櫻花、杜鵑，
燦笑山崖水湄，
那魯娃，你在那裏？
擁抱你，就如同擁抱春天，

太魯閣之春，是萬馬奔騰的飛石，

太魯閣之花，是山中傳誦不絕的傳奇。

1997.3.13

四十三、短歌(四)

三月火，四月風，
石砌小路，有風鈴的回音，
昨日漁歌，深埋在歲月中，
遠去如往日的夢。

拾起一顆渾圓的青梅，
淡海小鎮有青澀的風情。
落日餘霞，高樓著上彩衣，
在三月火，四月風，與你重逢。

1997.3.17

四十四、一爐香火

——參與臺灣區國語文教學學術研討會

三月火，四月風，
小港甘蔗，長長的，
長長的伸向國際航線的大門，
大貝湖的水，高雄港的船，
啟動南臺灣工業齒輪。
惟有天后宮一爐香火，
一束香，一盞燈，
點燃三百年，不變古典的虔誠。

傳習齋薪火傳送，
是現代、也是古典的溫馨。
海港風月，釣起一串魚，
一尾是活在口中的鄉土語文，
一尾是活在書中的浪漫風情。
當落霞餘暉，愛河著上彩夢，
在三月火，四月風，與你重逢。

1997.4.12

※1995.12.17，參加民間文字學會研討會。〈飛越澄清湖〉

四十五、榕樹情

青蔥不變的綠，
是你不變的標誌。
不變的路，
卻迎接常變的風訊。

每次經過你身邊，
有一股熟悉溫馨的風情，
也許是故鄉七里香散發的幽香，
或是思人眷念消逝已渺的綺夢，
那茂密的綠，
是一種遙不可及的夢境……

每次在此停留，
像一陣風不留痕跡；
每次在此多停留一次，
生命中便多一次印記。

1994.4.24

四十六、山中

午後，群山展現原始的輪廓，
一輪比一輪淡化，
接上藍天的顏色。
我跋涉過黃土山坡，
山風迎面撲來，
不改千年的粗獷荒漠。

山是無言，
原始是與生俱來的本色。
赫赫黃土，堅硬的性格，
蘆荻根連，是堅韌的展現。
綠草、白雲、藍天，
構成大自然蓬勃的色澤，
孕育出千千萬萬的生命力。

在群山中，整個下午，
我傾聽山風訴說大地的來歷。

1997.11.12

四十七、揀柴火的女孩

努爾哈赤留下一座東陵，
從一百零八級石階直上，
參天松翳掩蓋了數百年的孤寂，
路旁的白花，散發迎人的清芳。

松下那個揀柴火的女孩，
滿臉天真的微笑，
是天使的心，自然的圖記。
我發現她抱一束柴火，
枯乾的身影，如同枯乾的枝椏。

她平靜地跟東陵的松翳一樣，
她微笑像一束白色的小花，
透露天使般的清芳。
她半殘的身軀，和自然的脈動協調。

這是個殘酷的命運，
枯乾的枝椏，燃起生命的火花。
命運沒有在她臉上刻下痕跡，

卻在我心頭烙下深深的印記，

那難忘東陵松下的一朵白色小花。

1997.11.15

附記：在瀋陽東郊近鄰有清朝努爾哈赤（愛新覺羅）的陵墓，在那裏有個殘廢揀柴火的女孩，天真活潑，殘而不廢，與自然和諧。

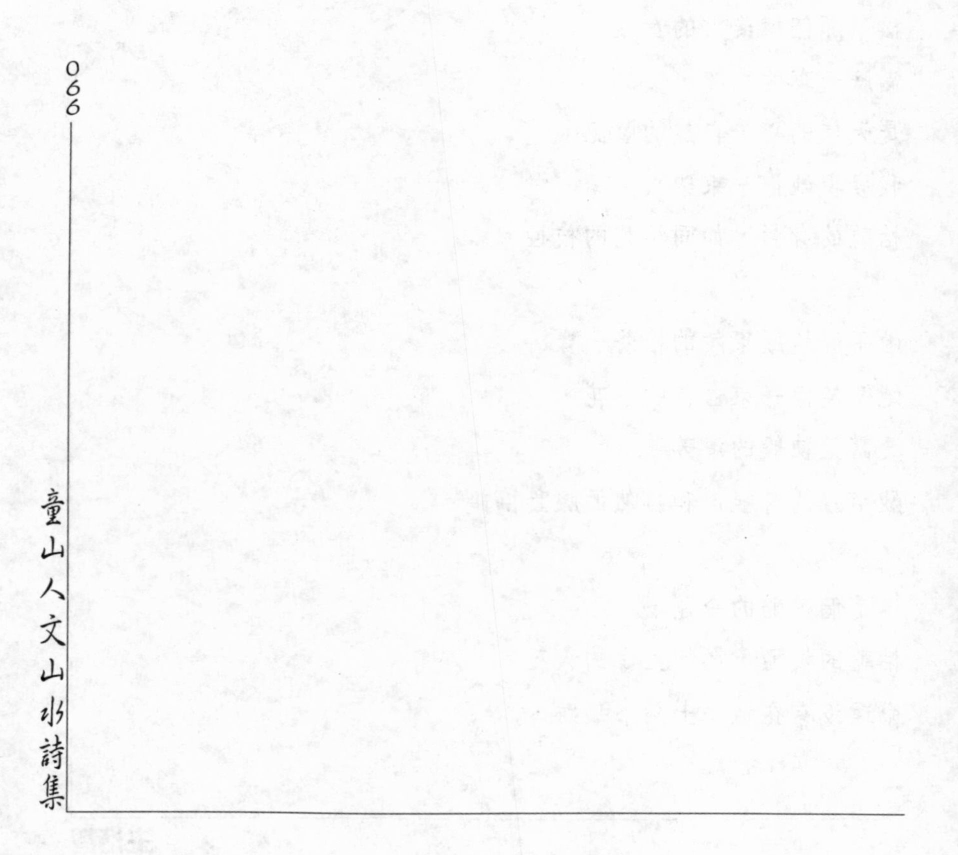

四十八、登黃陵

千年雨水沖刷，
成千條萬條縱谷。
黃土高原龜裂，
像菊花瓣記載歷史的圖案。

車穿越過風霜割裂的，
黃土高坡，窯洞裏，
有一股頑強永不屈服的氣魄。
黃土高原上，
難得長出一株草，一棵樹，
黃澄澄堅硬的泥塊，
直把一雙雙大腳染黃。

登上黃陵，園林裏，
矗力著歷代帝王禱祝的誓語：
炎黃子孫，願世世代代，
永結同心，沒有戰爭。

但每次烽火洗劫後，

園中又多一坊君王的題碑，
只有千年古柏，萬年老松，
在冷風中冷眼看過碑中的文字，
雖有不可一世的狂傲，
但從紀年中，知道他們
也曾在此憑弔過，傷心過，流過淚……。

1997.11.23

後記：黃陵，是黃帝的陵墓，在今陝西省黃陵縣山中。距西安約六小時的車程，再往前四小時車程，可達延安。一路在黃河黃土高原中，人煙稀少，地瘠民貧。然而歷代帝王或開國元首，都曾來此謁陵，祭拜中國人的始祖，並立石紀功。1992年9月1日，曾帶領師大國文系師生三十餘人，來此謁陵，曾有詩紀此事，今思憶及此，再賦新詩一首以抒懷。

四十九、山鳴

沒有月光，只有山鳴，
是層層翻動的潮汐，
來自地心的呼喚，像風，像浪，
竹篁高歌，相思林在合唱，
來自黑森林，神秘的組曲。
這時，乘豹的女子出現風中，
像山鬼散發女巫的幽香，
薜荔和杜若，是她飄舉的衣袂。

江南巫歌，有山有水的魅力，
好熟悉眼神和臉龐，
隨山風呼嘯，伴子夜入夢。
迷離的情，是指引遊子的星座，
翻騰的山歌，化作相思的浪潮。
來自黑森林，薜荔的幽香，
來自地心，跳躍的音符，
來自你，沈壓已久的秘密。

1997.12.10

五十、臺灣北二高路上(一)

車窗外正吹東風，
陽光灑落金絲菊般的花瓣，
一絲絲，一絲絲摻上，
綿綿不盡的山頭和屋舍。
路是無限平面的延展，
車流、車速、車陣……
像南下烏魚群，一波波，
游向暖冬淺草水溫的南方。

回程已黃昏，夜色逼近，
車道上紅白分流，
白色是耀眼的流星，
紅色是紫荊液，瑪瑙紅，
四野散落千燈萬燈迎接歸程。
天外也許有人問起，
告訴他們：這兒沒有鵲橋，
牛郎織女都坐在車上，
而人造的銀河比星河更燦爛。

1998.2.2

五十一、臺灣北二高路上(二)

春陽灑落，青山跌落路旁，
歡樂的魚群，
趁著黑潮的氣流，
超越100，110，120……公里，
像飛魚飛騰湧進。
交通警察像漁夫守在道旁，只要一舉網，
哈，隨時有大魚自投羅網……。

歡樂的氣流鼓舞，陽光誘惑，
嗨，這是春的季節。
沒有入網的魚群繼續飛躍，
管它是HONDA，TOYOTA，MATSUDA，
還有MITSUBISHI，像熱帶魚一樣，
湧向黑潮歡樂的海流，
消失在群山懷抱中，散入千戶人家。

1998.2.2

五十二、窗外

推開窗戶，擁來新綠，
細雨絲絲沾濕髮絲，
請你來此小坐，
有一杯溫熱的清茶等你。
淡淡的清香傳來草息，
訴說著春天的意趣。

或許你撐一把洋傘，
引來早春的陽光幾縷，
請你來此小坐，
有一杯溫熱的清茶等你。
久未見面有說不盡的思念，
見了面卻說窗外是一片春雨。

1998.2.3

五十三、七號公園

七號公園有好多月亮……

那顆童年時代擁有過的小月，
如今跳躍在後山榕樹旁。

或許是江南初晴，
躲在柳條後的一輪臉龐。

彷彿又回到尖沙嘴的海濱，
是十五吧，那顆又大又圓的蛋黃。

我還是喜歡塞外漠北，
天山上湧出的一輪明月。

只有那一顆，最熟悉的
掛在和平東路的，
不是故鄉的故鄉。

1998.3.1

五十四、檳榔的故鄉

檳榔是我族的標誌，
狗是活動的門牌，
我出生在花蓮馬太鞍，
美麗的稻穗，遙遠的天堂。
我曾是傑出的狩獵手，
在家鄉稱得上是一條好漢。
門前稻米翻動著綠色的海洋，
屋後檳榔像海上的桅桿。

如今在都市邊緣流浪，
在工寮中，汗水裏，
替人打造天堂。
貧窮像陷阱吞噬著生命，
沒有尊嚴，也沒有陽光。
踞箕在鐵皮屋躲避風雨，
只有在夢中，月光下，
擁抱故鄉。

1998.3.2

五十五、子夜四時歌

春歌

沿著山野小徑，

醺醺然走出林間。

你是山野的浪子，

忘了回家，醉倒在杏花村。

夏歌

江南水村響起巫歌，

踏著冉冉而昇的蓮荷。

裙裾微啟捲起一陣風，

狂放有如燎原的火。

秋歌

秋風細細地像剪刀，

在清秋的夜裡，

將菊花剪成細長的花瓣，

每一瓣都代表了一夜風情。

冬歌

也許是一股暗香，
浮動在你我之間。
你是傲立寒冬的雪中梅，
朵朵代表堅貞的誓言。

1998.3.25

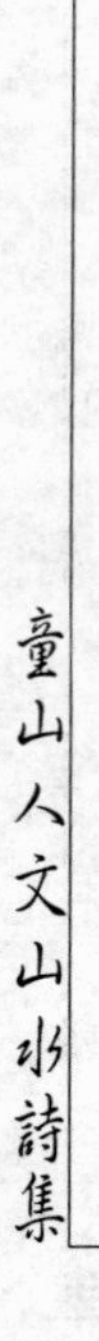

五十六、元智校園即景

一、元智清晨

第一線陽光射向九龍壁上，
九條翻滾的龍，
啟動乾坤運轉的信息。
於是在鳥聲、風聲、紫荊香中，
展現二十一世紀燦爛的黎明。

長長的引道，長長的行人樹，
兩旁草息花香，春色盎然的草地，
深深地吸引著您，我，
是古典又是現代的清新。
豁然開朗的校園，
迎面而來一塊頑石，刻著「元智」，
其間人來車往，是現代的桃源。

一聲聲鐘響，敲響每個元智人的心，
似乎在聲聲敦促，
卓越、務實、宏觀、圓融，

與春暉交織成元智校園交響曲。

二、元智之夜

初三的新月、太白星，
鮮明地斜掛在工學院館樓上，
新月如鉤，勾起不少學子初戀的記憶，
從黃昏到入夜，藍色的天空，
和煦的晚風，擁抱整座校園。
太白星光引燃智慧的傳承，
燈火通明，從孔子、莊周點燃的薪火，
熊熊地照亮新世紀的里程。

如同地熱汨汨湧出的光和熱，
從心底騰湧出誠摯和真愛，
凝結成一個大團藻，一個大圓。
開發綠色科技，迎接e世代，
實踐多彩人文，美化新人生。
如同在美麗之島，婆娑之洋，
我願化作一隻飛躍的海豚，
在藍藍的夜，奔向莽莽大海。

2001.2.20於元智大學

五十七、一盞燈

夜何其長
我要一盞燈……

在心中苦思，捏造一尊風景，
是天使、是情人，還是母親的化身。
青青竹葉，千竿竹影，
圍繞著一座觀音亭。

南海風雲，白頭浪驚嚇跑船人，
或許客子他鄉，在風雨中，
也會閃現慈母的身影。
在病中，在無助時，呼喚母親，
庭前的告誡，臨行的叮嚀。

夜墨黑像深海，
一切思維在深海中沈淪，
努力泅向遠方的爝火，
是唯一矗立在心中的最高亭。

夜何其漫長，我要一盞燈。

2001.5.4

五十八、白色巨人·亞東醫院

——亞東紀念醫院20週年慶及新建醫療研究大樓啓用典禮賀辭

一、

白色巨人，亞東醫院，
矗立在大臺北，維護著百態眾生。
歲月走過，二十年來，
多少花開花落，開放錦繡人生；
多少滄海桑田，化作桃源仙境。
新建的醫療研究大樓，
強大的醫療群，猶如千手觀音，
以無私的大愛，
彩繪出大臺北美麗的人文風景。

二、

東方、西方的交匯，像神話，
創造了現代的文明。
在東方，盤古在雞蛋中沈思，
蘊育出中華圓的哲理；

在西方，上帝在創世紀中，
變化成征服自然的雄心。
神話的夢，編織綺麗的城鎮園林，
而巨人的誕生，亞東紀念醫院，
來自於企業家慈愛的心，
遠東創始人徐元智、有庠先生，
跨世紀事業，永續經營，
薪火不絕，維護人間的巨人。
愛是永恆的，使人感念！
愛是博大的，沒有界限！
愛是無色的，不分族群！

三、

二十年來，你我攜手走過歲月，
當時你我也都年輕，
二十年，而今歲月老去，
但老幹新枝，薪火傳遞不停。
圓的哲學，桃花開了有再開的時候，
冬天走了，有春暖花開的季節。
春天的誕生，有如初生的嬰兒，
嬰兒的微笑，是天使的福音。
秋天的霜降，有如冰裂的瓷瓶，
巧手的縫補，是古董的重生。

歲月的痕跡，刻劃出歷史的冰紋，
班爛的皺紋，記錄著智慧的圖騰。
人生的潮起潮落，永無止息，
生命的循環，是自然的旋律。

四、

為您點上二十根蠟燭，
照亮多少生命，璀燦人生；
新建的醫療研究大廈，
是慶賀您二十週年誕辰的禮品。
強大的醫療群，猶如千手觀音，
擁抱著大臺北，
擁抱著千萬蒼生！

2002.1.28

五十九、送別

一、

初春，登高山羊角花開，
「阿母，您送我南門坐船！」
那時，我十二歲到雁石讀書，
九龍江的春雨，
一路染紅了羊角花的花瓣。

二、

近秋，花蓮公路站的老茄冬，
蕭蕭的風，清晨的霧，
「阿母，不必送我上臺北！」
我掛念著夏日的荷花，
臨別時荷葉杯上，
盛滿了離別的淚。

三、

今年八月，冰雹驚碎荷塘的夏，
梵音喃喃淹沒了慈濟。

「阿母，為您穿淺藍的繡花鞋，
送您上慈雲山！」
一生一瞬何其短暫，
送別路途又何其遙遠。
冉冉雲煙化成千朵蝴蝶，
思慕的海湧浪潮，
擊碎在花東海岸。

2002.8.8

六十、江南

春天的落花繽紛如雨，
英英朵朵打在記憶裡。
是白居易《蘇杭形勝》的詩句，
那闋〈憶江南〉，
千年後江花依舊勝火，
燃燒著每人的胸膛。

秋天的小溪繽紛如畫，
沿溪水道有人汲水、洗滌。
紅磚黑瓦白粉牆的家居，
門門戶戶都枕在河渠上。
姜白石的笛聲吹動小紅的暗香，
如夢如癡如江南。

江南，在遙遠的國度裡，
卻是你我熟悉的夢鄉。

2002.2.2

六十一、校園一角

綜合大樓後院，
午後，寧靜得像一片詩海。
春和秋悄悄走過，不留痕跡，
只聽小草竊竊私語，
如同小孩伸出手臂向藍天歡呼。
銀杏、欖仁，以及巨大紅樓，
構成寧靜海的護城，
往來行人，卻成為詩境中的風景。

往昔，這是一片鮮綠的稻田，
蛙鳴、農歌，養活過好幾家人，
再早些，或許是鳥獸出沒的野林。
如今，莘莘學子穿梭在時空間，
在教室裏墾殖，在圖書館裏耕耘，
穿越三度空間的沈思，
從網路虛擬世界中尋找未來，
而時序和智慧，是這塊土地的守護神。

2003.1.25

六十二、黃梅天氣

彷佛從澡堂出來，
背後有重騰騰的霧氣，
壓得你喘不過來，
失業的影子，生活的擔子，
抬頭望天空，甚麼時候天晴?

從清明節以來，
雨水訴說著春天的歷程。
花已凋殘，泥濘的臉，
油桐花撐開白色的場面。
陰晴難定，道上印著黃梅的腳印，
南風來吧，迎接玫瑰的夏晴。

2001.5.4

六十三、髮葉四時歌

一、春歌

絲絲青髮，如同初春的柳條軟枝，
散落在春風草野中。
是少女的絲髮，緞黑柔情，
呵護著一季灼灼桃紅。

二、夏歌

南風吹來桃花源中的一綹垂髫，
散發青春的熱情，年少的成熟。
如同赤陽下的青苗，
從抽穗到下垂飽滿的穀粒。

三、秋歌

那少年參差的髮叢，
要跟蘆葉媲美秋的顏色。
坡塘上滿目茗花搖曳，
訴說白露後一則淒美的故事。

四、冬歌

細雪後，只有更多風霜，

老人的黃髮，積雪染亮了銀輝。

夕陽裏，擁抱蕭蕭的枯樹林，

等待下一季新葉的誕生。

2003.11.21

六十四、國立雲林科技大學

雲嘉、嘉南平原是一塊翡翠，
閃亮著綠色的光芒和智慧。
一座高聳的尖塔是地標，
矗立校園中有如純樸、堅實的智者，
它頂著六瓣菱形構成的圓，
像雪花、像冰菊，象徵冰心高潔的圖騰，
是青年學子頭上頂天立地的光環。

校舍教室設置在林園道上，
熱帶風情散發鳳凰樹的芬芳。
莘莘學子在此潛心沈思、開發研究，
穿梭在工程、管理、設計、人文四大領域，
猶如欖仁樹生機勃勃，芒果樹結實纍纍，
將人文與科技結合，擦亮這塊翡翠，
共同開創二十一世紀的新天地。

2004.11.17清晨

National Yunlin University of Science and Technology

The plains between Yun-chia and Chia-nan* is a piece of gem
radiating its emerald light of wisdom.

Resembling a wise old man,
a spire stands tall, marking the center of the campus.

Crowned with a six-diamond sphere,
this sow flake, this crystalline chrysanthemum,
this totem, which symbolizes the pure heart, the lofty spirit of the youthful,
whose head it adorns, as they stand tall and proudly between heaven and earth.

School buildings and classrooms set upon a tree-lined path,
in a tropical style, the Royal Poinciana flowers emanate their sweet fragrance.

Diligent students study here, contemplating for new innovations and research.

They shuffle between the fields of engineering, management, design, and humanities,
Like Indian almonds, they are sprouting.
Like mango trees, they bear abundant fruits.

The union of Humanities and technologies polishes this emerald, and creates the new world of the twenty-first century.

(Written in the early morning of Nov, 17th, 2004)

*The plain that runs across Yun-lin, Chia-yi, and Tainan. This is the largest plain of Taiwan, which a mountainous island.

旅遊卷

〔東歐之旅花束〕

西元二〇〇〇年八月三日至八月十三日，筆者曾率領臺灣師大國研所四十學分夜間班師生，作東歐教學旅行考察，到奧地利維也納及捷克布拉格等地訪問，並參觀維也納大學漢學系及捷克查理斯大學，一路用現代詩記事，嘗試拓展人文旅遊文學，並與愛好此類文學者同享。

六十五、西西公主傳奇

奧匈帝國的雄風，
寫在維也納熊布朗宮牆上。
兩隻飛鷹高高守護，
已是千年後沒落的黃金色王朝。

千門萬戶的宮室，
有數不清的宮闈秘辛，
只有石雕神像，武士與美女，
是他們的見證。
西西皇后和她的皇夫，
便是千古傳奇的人物。

她從暗道騎馬出走，
在匈牙利的草原有她的情夫，
誰也沒有正面看過西西的美豔，
有如扇子半遮的一輪明月。

絢麗豪華的宮廷生活，
流傳一些哀怨的故事。

後花園萬紫千紅依然春天，
宮中留下一把綢扇、一襲披肩，
隱沒了西西一生嬌豔的容顏。

2000.8.5於維也納

六十六、哈斯達湖和她的小鎮（HALLSTATTER）

奧地利的湖山邀你來此小坐，
沒有佳餚，只有清風，山嵐的飄動，
為你拂面，為你洗塵。
湖上的清影，黃昏倒影，
端上一壺釀製的寧靜。

小鎮居民依山傍水，
世代在此築家、築夢。
夢園窗臺為你開滿四季的花蕊，
綠葉藤蔓掛滿牆垛，
都是歡迎你的無字標語，
願來此的武陵客一起讀懂：
高山是我們的天父，
湖水是我們的地母，
世代孕育著世外桃源的子民。

2000.8.6

六十七、西方的七夕

正是初秋，
空氣中流動著花香草息，
白雲與清風同步出遊，
無聲地踩過金黃色的麥田，
踩彎了小草楊柳的腰身，
在遠處紅頂的小木屋留下腳印。

西方的維也納，思念一如往昔，
七夕的風，從心底吹響圓舞曲，
遙遠的東方，有我的愛，
在圓山，在淡水，在臺北……
滑過的思念，沈淪在史特勞思的曲中，
一起走過綠色的森林，
浪漫的七夕，難忘的異鄉之夜，
但願能與你共渡。

2000.8.6

六十八、薩爾斯堡四時歌

一、春歌

春之頌，啟開海頓古典的園林，
巴頓岱工人敲響地下的鹽城。
千百年鹽河跳動的節奏，
是莫札特鋼琴曲裏的音符。

二、夏歌

南風輕盈梳洗莎羅美的髮絲，
纏綿勝似蠶絲的溫潤纏綿。
傳說玫瑰是夏，情婦是酒，
煽情的火，燃燒著高堡的旗幟。

三、秋歌

魔笛悠悠隨西風吹送，
湖光山色染上了奼紫嫣紅。
美麗楓葉是癡狂的詩人，
題上秋的韻律，醉倒西風。

四、冬歌

雪花和鹽的晶體相互媲美，

一層層的粉白，一層層地覆蓋，

是時候了，安魂曲升起，

罪惡和貪婪，在優美的旋律中埋葬。

2000.8.7夜

註：1. 薩爾斯堡是莫札特的故鄉，他受海頓古典音樂的影響，寫下數百首的樂曲，詩中提到他五歲作的〈鋼琴曲〉，其他如〈魔笛〉、〈安魂曲〉，都是他的名著。

2. 莎羅美，是薩爾斯堡高堡窩夫（1587—1612）主教的情婦。窩夫主教為她蓋一座米拉貝爾宮殿，1606年建成，1818年毀於大火。今修建，宮殿前有一座花園，園中有四尊代表春夏秋冬的雕像。

六十九、聖沃夫岡（St. Wolf-gamsee）湖上

一、

傳所長和他的公子千金
師大國研所88學年度夜間班的寶貝們和我，
迎著碧波，在遊艇上，
發現今天是八月八日，
歡呼八八節快樂。
共享王羲之的著墨，
勾勒出聖沃夫岡的韻致；
陶醉在王維的彩筆，
塗染奧地利湖泊的山山水水。

二、

青天、白雲下，
墨綠的山岡，禿出的巖石，
叢叢疊疊的森林，
相互依偎成綠色的族類。

軟綠鵝黃，青青的山坡草原，
或許是牛羊、孩童的家，
處處有煙火、有人家、白牆、
紅屋頂，隱沒在綠樹花間，
教堂的尖塔，是湖上的靈魂，
挺立在清澈翠綠的湖面上。
遊艇穿越時空，
畫出一陣陣歡笑，
在長長的旅途中，難得輕狂。

2000.8.8

七十、祖母的衣櫃

車入捷克小鎮——契斯基庫倫隆市
導遊說：「今晚我們投宿在修道院古蹟改建的旅社。」

一把古銅的鑰匙，
打開十六世紀修道院的臥室，
古拙的床椅，薰黑杉木的衣櫃，
推開窗臺，是十六世紀的夜景。
閣樓上，是修女們喃喃的祝禱，
暗淡的燭光，彷彿回到昨日的希望。

這是一種靈異的感覺，
她們訴說：「今晚，白色鬆暖的枕頭，
忽大忽小，游離在我的眼前。」
「你在穿越時空，
與白衣天使在靈思的世界相會。」
那是寧靜無聲的夜，
或許有聲音，是鼾睡者的囈語，
……
畢竟夜深了，遠行者太累了。

清晨，燦爛的陽光，

金絲線穿越窗櫺，我們從古老的衣櫃，

取出祖母的叮嚀：

「孩子，平安的上路吧，

不要忘了你的家人。」

2000.8.9

七十一、查理斯大學（UNIVERSITY CAROLINA）

我彷彿聽到馬車的蹄聲，
穿過深邃石砌的街坊。
有書聲透出古老的紅牆，
從資訊探測古典的未來，
揚溢著拉丁的典雅，
中世紀羅馬的驕傲。

布拉格的春天，
小白菊象徵純真、芬芳的天堂。
新興的都市，啤酒與情色，
古典與現代矛盾中，
唯一的淨土，智慧的表徵，
矗立在鬧市中的一角。

2000.8.10在捷克・布拉格

七十二、斑馬線上

穿過布拉格街道斑馬線
綠燈格格格只亮三秒鐘，
導遊鄭重地說：
「布拉格人都很忙，
他們步調快，開車快，無法久等行人；
而他的車是一噸重的鋼鐵，
你的身軀，只是六十多公斤的肉，
小心，別撞碰！請快速通過。」

七十三、黑死病紀念碑

佇立黑死病紀念碑下，
存活者俯首
悼念十三、十四世紀的黑暗，
那些不幸罹患瘟疫
上千上萬的靈魂。

一個個痀瘻羸弱的身軀倒下，
等待死亡的招手。
關懷的家人，竭力扶持，
明天或許輪到他，
無辜的一群，永無黎明。

貴族和傳教士們，
自以為是人上人，紛紛走避，
儘管躲到鄉間幽靜的別墅，
瘟疫如同空氣包圍人群，
口沫都是殺手，上帝啊！誰能倖免！

這叫做天譴，自然的反撲，

神聖的教堂，充塞愚昧的行為，
懺悔室中傳來黑暗的世紀，
人們的罪惡堆積成垃圾山，
天翻地動，震撼了整個歐洲。

寒冬走盡，總會春回，
上帝手持拐杖俯視羊群，
頭上的光環，似乎給新世紀一些警惕，
當愛滋病在都市暗處傳遞，
五光十色的誘惑，
誰又顧慮到黑世紀將會來臨？

七十四、街頭演唱家

唱自己的歌，賣自己的CD，
不必搔首弄姿，
努力推銷自己。

幽揚的歌聲，輕鬆的旋律，
你可以像鳥兒飛落廣場，
佇足聆賞或飄然起舞。

任你置身何處，
都有百花爭豔，眾技爭獻，
好比大自然的風聲水聲，
融入十六世紀的風景。
在西方的山陰道上，
忘了歸程，忘了自己，
在古老的街坊，現代的藝林。

七十五、總統的大門

平民式的小門，
卻是總統經常出入的大門。
沒有豪華的排場，
掩不住樸素、高潔的情操。
門上只蹲著一隻怪獸守護，
兩旁展伸出綠色的翅膀。

是圖騰？是造型？或是詭異？
總統先生幽默地說：
「看得懂的是寫實，
看不懂的才是藝術。」
海德格的《思想、語言、詩》上說：
「存在比歷史更美。」的確，
複雜的思惟，單純的行為，
他是總統，也是一介平民。

七十六、猶太區墓園

縱橫的墓碑，
擁擠的地獄。
石碑上的名氏已模糊難辨，
五十年後無言的抗議，
依然怵目驚心。

愚昧、戰爭、英雄，已是陳跡，
歷史也只記錄下幾行文字。
戰火比野火還要兇猛，
整座城市、森林瞬間化成灰燼。

繁華的市街遊人如織，
穿梭小巷間尋找遺跡。
猶太區落寞的墓園，
只有人散後，從林間滴下一行清淚。

七十七、布拉格廣場天文鐘

是誰的巧思，
構具一套天文鐘。
在萬頭鑽動的人群裏，
期待每一個時辰的來到。

十二道黃道宮、日夜昏晨和四季，
時間畢竟會在期待中
一一出現；
耶穌和十二門徒，
鐘聲和雞鳴，復歸平靜。

又有誰知道鐘上的四尊雕像，
那個拿鏡子的說：
「世界太美了，不必貪慕虛榮。」
拿錢袋的老人說：
「我口袋裏有十塊錢，便已滿足，
何必貪心。」
拿琴的青年，他說：
「我只知享樂，難道這是我的一生？」

最後
是一具骷髏，
他手上拿著沙漏，一語不發，
可憐的流沙，終會流盡，
只要另一手鈴聲一響，
終將結束，便是一生。

時光逝水，如同周而復始的鐘，
默默地在心頭流過，
但願活過、愛過，
花開花謝，灌溉過生命的花朵。

2000.8.11

七十八、結語詩

布拉格之春，

鳥能不叫嗎?

「今天有沒有寫詩？」

「看了好多的好山好水，

也聽了好多的布拉格故事，

你能不情思泉湧嗎？

就好比她已懷孕了，

能不生下來嗎？

也許會難產，

也許會生下一群俄羅斯娃娃呢！」

2000.8.11

七十九、歸程聯想

一、

想飛
就飛在空中
側泳、仰泳、仰姿、俯姿、花式……
展開雙臂，優雅的滑翔，
俯視小鎮的草原，枯黃的麥田，黑色的森林。
然後……
細數寶藍無底的天空，
再去拜訪白雲的故鄉。

——瑞士航空廣告Swissair

二、

機上視窗，正鬧卡通，
無聲的頑皮豹，
被一群白鴿追趕，
撞進叢林中的蜂窩，卻又被蜜蜂叮擾。
出來時，
像煙火散開粉紅的笑料，

或許在笑聲中，想起童年時戳破蜂窩的罪惡。

——在瑞航線上

三、

不要譏笑臺灣旅行團，
瘋狂購物像傳染病擴散。
他們曾經胼手胝足過，
費盡心血營造過去和願景。

如同齊白石勾畫清新的小品，
那是百年前胼手胝足，嘔心瀝血。
用盡巧思點染未來的結晶。

——在蘇黎士候機室

四、

大地錦繡，白雲蒼狗，
天空沒有留下足印。
在攝影機底片中，
只能買一寸山水回家。

五、

晴朗的長空，
飄浮著朵朵白雲，

好比一群白色的綿羊，
低頭啃著曼谷廣大的草原，
他們從不交頭接耳，認真吃草，
像推草機推過，
剪出一條條藍色的腳印。

六、

沒人知道回家的路還有多遠，
沒人知道回家的行囊有多沉重，
只要能裝下的風景和記憶，
在莽莽風塵中分送給你。

2000.8.12

旅遊卷

〔北海道之旅花絮〕

八十、我們這一族

——師大國研所夜三甲海外研習團

在海天的一角，
有我們這一族。
擁有古柏似的青蔥，
它的年輪，
至少是小杉木的數倍。

新培植的幼苗，
彬彬有禮地依傍在母樹旁
微笑，
「媽媽，我們要飛到哪兒去？
去找森林王國中的比卡邱！」
「海外有徐福開拓的蓬萊，
兩千多年前便等待我們去探訪。」
「那裏外公的外公爺爺，
他的鬍子已攀過圍牆，
比榕樹的鬚還長，
伸到我們家的窗前。」

有一種古楓爬滿藤蔓，
交錯纏繞著寄生小喬木，
孩子們都叫它阿姨。
猶如松鼠圍繞著果林，
那些脆果便是阿姨們，
留下的恩寵。

好大一片綠色的林木，
亭亭矗立迎接天空。
我們圍成一個家族，
它的名字叫森林。

2001.7.14在日亞航機上

八十一、關西空港的太陽

關西空港的太陽，
貼在空港的走廊上，
天氣炙熱像火燒埔。
來時臺北的太陽，
也是一樣炙熱，
原來關西和臺北的太陽，
是同一個。

只有秋陽，是冷冷的，
像一只熟透的紅柿高高掛起，
它是一輪凝固的歲月，
任晚風夕霞慢慢吞食，
作為夜的最後晚餐。

2001.7.14夜

八十二、札幌（Sapporo）第一站

成吉思汗園林餐廳，
是札幌的第一站。
高高的龍柏刺向蒼空，
已是數百年來存在的見證。
這裡有垂柳千條，
猶似江南的西湖。

每當短暫夏日來臨時，
茱堇竄紅，芻菊鵝黃，
薰衣草淺紫，彷彿綠色的牧草，
渲染北海道多彩的風情。
猶記二十年前三浦綾子的筆，
把《冰點》燃燒半個世紀。
札幌的第一站，
用羊肉、鮮花迎接你。

2001.7.15中午

八十三、大雪山雙子星瀑布

——銀河與流星

又是黃昏，
奔走的嵐霧拉上夜幕，
大雪山飛騰的熱情，
從天而降。
兩道雪白的洪流，
傾瀉在懸崖峭壁中，
是流動的銀河和流星。

微風輕啟銀河的裙裾，
嫵媚低吟大雪山之戀歌，
流星一柱擎天，在夜幕中，
朝雲暮雨，青山白雪，
大自然是陰陽的會合。

愛奴族的男女，
傳說著白雪青山的故事。
當夜再來臨時，
細聽銀河與流星

合奏琴瑟和鳴的交響曲。

2001.7.15

註：1.大雪山有兩座瀑布，形貌相似，但有雄雌之分，銀河為雌，流星為雄。

2.愛奴族為北海道的原住民，如同臺灣的阿美族或高山族。

八十四、白鳥湖在霧中

走入白色夢幻，
樂音從青色的草原泛開，
像海潮一波波打上心頭。
虛幻的白鳥湖，
在風信子花開的季節，
是一段霧中的戀情。

一串串斗狀的花序，
盛滿顆顆圓潤的水珠，
傳遞著風的訊息，
夏的真情，
難忘的北海道之旅，
走入白色的夢幻，
溶在淡淡的樂曲中，
與你渾然入夢……。

2001.7.16午後霧中

註：白鳥湖，又名屈斜路湖。

Swan Lake in the Fog

Walking into a dream of white,

I heard music spreading across the green grass.

Like waves, it struck my heart.

This dream-like Swan Lake is a romance in the fog, in the season when Hyacinths blossom.

Strings of bell-like flowers hold dew from the night.

Their fragrance delivers the message of the wind, and the passion of summer.

My trip to Hokkaido turns into this white fantasy,

and melts in the soft music.

With you, I enter into a dream......

(Written in the fog in the afternoon of 2001, July 16th)

八十五、釧路濕原四季調

㈠第一聲春聲

海鷗剪開青色天空，
蒲公英伸展白色的絨球，
栗鼠怯怯地從草葉間窺視，
烏鴉聒叫——
告訴他們是春的第一聲。

㈡夏的花蕊

群花都喝醉南風，
輕狂地開放在綠色的草原，
狗尾草豎起夏的旗幟，
海芋、愛麗絲紫白相間，
香水百合佔領了整座山頭。

㈢秋之神秘

丹頂鶴之舞，
是秋的節奏。
隨落葉的飄零，

孵化下一代的子孫，
在乾草堆中建立客居的家。

㈣冬的幻想

雪花浸白丹頂鶴的羽毛，
就是漂不白烏鴉的烏黑；
儘管它是日本的神鳥，
但頂著太陽旗的，
卻是丹頂鶴的頭。

2001.7.17中午

八十六、宿泊尖塔旅社
（The Tower Hotel）

四座尖塔插入雲霄的大廈，
監視北海道占冠村的山坡。
茂密的針葉原始林，
是現代人夢寐以求的度假村。

在群山翠谷揮動小白球，
佔領野鹿、黑熊棲息的地盤。
愛奴族從此注定流落深山，
與狗為伍，尋覓獵物。

狩獵是原生自然不變的規則，
老鷹獵兔子，黑熊捕鮭魚，
烏鴉老神在在啄青蛙蚱蜢，
牛、馬、羊群，不管牠們怎樣嘶殺，
青草面前來不及探頭過問。

北海道的夏，陽光珍貴似黃金，
在大雪山山區，
卻是霧、雨水和綠葉的潑墨畫。

2001.7.18

八十七、小樽(大同運河)古街

(一)

風鈴似的鐘聲，
喚回逝去的歲月，
曾經攜手走過一生，
在鐘聲中尋找記憶。

(二)

運河邊紅白牽牛花璀璨，
迎接二十一世紀的風月。
往來的旅客在此留步，
生命本來就如同逝水。

(三)

咖啡座賣的咖啡，
加糖、加乳水，再加濃情。
在樓上停留片刻，
便是一輩子的事。

(四)

街頭的古鐘，
已站在街頭幾十年，
他在辛勤冒煙吹氣，
表示它還能活過一個世紀。

(五)

你還記得嗎？
我們在幾百年前，
好似攜手走過古老的小街，
如今卻在小樽憶起從前。

(六)

運河的水，汩汩地流，
沒人知道它流向何處？
我沒有家，流浪小樽街頭，
做一個流浪漢，也心甘情願。

(七)

觀光客大袋小袋提回戰果，
慶賀這次戰役收穫豐碩。
家人在等待你的歸來，

只要平安，這些禮物只是憑添喜悅。

(八)

王導遊先生說：

「現在的辛苦，

是以後甜蜜的回憶。」

所有的特產都可以購得，

惟有風月和山水留在原地。

2001.7.19

八十八、札幌大通公園

如果是春天，
人在櫻花樹下，
粉紅的花瓣鋪成地毯，
人們讚嘆春神的賜予，
再度踩紅毯的喜悅。

如果是秋天，
噴泉的水珠，
講述滿山楓紅的故事，
西風的話，
迴蕩在札幌的大通公園。

如果是冬天，
冰雪展現它藝術的晶瑩。
各地湧來的尋芳客，
膜拜瓊樓玉宇的冰世界，
約定在最冷的時刻，
交迸出熱情。

如今我來到夏日的札幌，
薰衣草化身為商品的圖騰，
銀杏葉精緻的葉脈紋裏，
像摺扇中展現的唐代美人圖。
在異鄉札幌的居酒屋，
但願與你同醉一番。

2001.7.19

八十九、薰衣草

細長纖細像北海道的女子，
生長在富良深邃的山野，
天真、無邪，是村姑本色，
散發出淡淡地紫色幽香。

它沒有金盞菊引人的炫黃，
也沒有金魚草一串白色的編鐘，
也沒有爆竹紅刺眼的豔紅，
它們相依相偎渲染紫色的幽夢。

薰衣草，幸運草，
像穿紫色羅衫的小女子，
輕移碎步結滿小小的花序，
好似合掌祈求一季的平安。

素淨，謙卑，有一股清秀，
流動在你我之間，
儘管是短夏一生，
儘管是霜秋雪冬或將來臨，

只要存在，那怕是一束乾燥花，

也能譜出一段紫色的戀情。

2001.7.19

Lavender

Slender and elegant, the ladies of Hokkaido,
born in the deep mountain of Furano.
Innocent by nature, a sweet purple scent they radiate.

Not having the sparkling yellow color of a marigold,
the white chimes of snapdragons,
and the bright red color of Salvias,
all they have is a light purple dream, multiplied as they lean against each other.

Lavender, lucky grass,
like lady on purple dress,
swings elegantly while praying for peace this season.

Its purity, humility, and delicacy
floats around you and me.
Even for only a summer,
and the frost and snow is coming with the winter,
with her humble existence,
even a bundle of dried Lavender can touch a love song with purple color.

（Written on July 19th, 2001）

旅遊卷

〔雲貴之旅詩箋〕

九十、胡姬花的故鄉

送去赤臘角的夕陽，
一路趕上漫天的晚霞和星光，
今夜探訪胡姬花的故鄉。
曼谷，迎接你燈花璀璨，
嫣紅的胡姬花瓣，
每一瓣都沾上熱帶紅酒，
沈醉在來訪旅客的胸前。

曼谷，古老泰國的明珠，
金色刺向蒼空的屋宇，
代表佛教廟宇的圖騰。
新興高樓連棟像屏風，
是現代都市的象徵。

夜，淹沒了佛的智慧與慈悲，
花，散發浪漫的芬芳和誘惑。
在離家愈來愈遠的地方，
今夜，我們投宿在胡姬花的故鄉。

2001.8.7 夜宿Park Hotel，Bangkok

The Homeland of Orchid

Seeing off the sunset at Chek Lap Kok,*
catching up with the rosy clouds and stars that spread around the sky, tonight, we are heading for the Homeland of the Orchid.
Bangkok greets us with glittering lights.
Crimson orchids, soaked with tropical red wine, lying on the chests of the visitors, intoxicated.

Bangkok is the pearl of ancient Thailand.
The golden spires, shooting into the sky, stand as the totem of Buddhist monasteries.
The high-rising skyscrapers make a screen, and symbolize the modern spirit of this city.

The night shadows the wisdom and compassion of the Buddha,
Flowers mesmerize people with their romantic fragrance.
Tonight, in a place far far away from home,
I stay at the homeland of the orchid.

(Written at Park Hotel, Bangkok on 2001, August 7th)

*Chek Lap Kok is in Hongkong near the International Airport.

九十一、聽說雲南

(一)

天龍八部是大理王國
西雙版納是孔雀王朝
唐玄宗曾兩度出征南詔，
十二萬大軍至今猶留在雲南，
只換回一支佛曲〈菩薩蠻〉。

(二)

大西北風沙滾滾，
風沙吹不動黃土高原。
大西南卻好山好風，
白族、傣族，少數民族的歌喉，
隨怒江的水，流動八音的天籟。

(三)

西南有神秘的巫蠱瘴嵐，
美麗的神話，山中的傳奇，
不要把文明帶來污染。

高貴的山川，高潔的雲南。

更高貴的是飛在天上的雲。

㈣

武陵人，來此總是開玩笑。

在電梯中遇到一位小姐，

「小姐，你真漂亮。」

「要我陪伴你一夜嗎？」

「不行，你沒有看到太太就在身邊嗎？」

「那有甚麼關係？換換口味！」

警察，警察！公安警察！

㈤

聽說雲南，

孔明曾七擒孟獲於此，

抗戰時大蟒蛇困住滇緬公路，

如今，

風吹過，雲走過，

不留任何何痕跡，

飛過曼谷，飛在雲上，飛入雲南。

2001.8.8父親節

九十二、西雙版納

蒼天鍾愛傣族，
給他們一塊綠地，
在群山環抱下的莊園，
像一塊翡翠，
不經雕琢，天然的璞石。

雲南航空是一隻巨鳥，
莊子〈逍遙遊〉曾夢見的鵬。
穿越藍空，飛過山巒。
飄浮白雲像西部棉花田。

現代航空器是武陵漁船，
划入熱帶雨林，發現孔雀王朝。
傣人說：「善男子，善女子，
盡情歡唱情歌，
這裏有十二千頃良田等著你！」

西雙版納，金色的桃源，
與世隔絕，你的來訪，

如同熱帶雨，過橋米線，

熱情渾灑，終將流向四方。

2001.8.8

註：西、雙、版納——傣語。意謂：十、二、千塊良田。

九十三、西雙版納熱帶林植物園

上千種花草樹木，
各自展現千奇百態。
在熱帶雨林中，
緊密地聚集在同一塊土地上。

旅人蕉像摺扇打開南風，
天堂鳥伸出尖喙的火紅，
棕櫚樹排成隊伍遮住驕陽，
滇南雪膽好似一塊禪石，
卻伸出一線生機的藤蔓，
眾人圍著唱歌，哄跳舞草跳舞。

箭毒樹，萬天樹，
高高伸入雲霄，向天空獨白，
團花樹，千年春秋獨霸一方。

山烏龜，雞蛋樹，
鳳尾竹，瓷玫瑰，
你我一生難得一會；

紅豆、檳榔、大王椰，
火鶴、海芋，都是曾經相識。

最酷的該是寄生榕樹，
在油棕櫚身上纏繞。
最後緊緊包住它，
將它絞殺枯萎。

一株草，一點露，
臺灣人生存的哲學。
在西雙版納雨林中，
只要站立一塊土地，
便擁有一片天空。

彼此亭亭直立像君子，
彼此相互尊重。
綠是共同標誌，不分品種，
在植物王國中視為同一族類。

2001.8.9

九十四、麗江山城

㈠草原情歌

貴客到，雪山笑，
麗江城外，長青草，
類似青康藏草原，
放馬馳聘膽量好。
小阿妹，唱情歌，
瑪達咪，瑪達咪，瑪達咪。

㈡納西古樂

琴棋書畫菸酒茶，
麗江人文，納西男人的專寵。
明代的壁畫，唐時的古樂，
同時匯集麗江玉龍山下，
月光下的鳳尾竹，悠悠的葫蘆絲，
傳說納西族摩梭人的愛情。
斑剝的壁畫，藏傳的佛陀，
手臂向外招攬儒、道融合，
歲月消磨，東巴文化褪色，

現代商品衝激著納西古樂。

㈢玉龍雪山之歌

寂寞的大雪山，埋首白雲中，
幾千年來與白雪、雲煙為伴。
我已被冰封變成一尊佛，
維護著納西民族的興衰。

子民們每天帶旅客來此朝拜，
沒喝過大雪山的口水怎會唱歌？
滿山滿谷花開，情歌傳送，
小阿妹，小阿哥，
瑪達咪，瑪達咪，瑪達咪……

㈣麗江的草原

平坦的草原，
玉龍山下。
牛馬成群出沒在草原上，
潘金妹，阿黑哥，
草原像地毯是綠色的天堂。

㈤麗江古街

石砌的小路，
鋪滿納西女子的歌聲，
引領歲月走過數百年日子。
路旁的流水淙淙，柳垂橋頭，
琴聲風韻配合銀鋪工匠，
敲打銀釧銀鐲的節奏，
時光回流，與徐霞客同步。

㈥木府巡禮

木府王室之尊，
仍稱霸西北的山巒群峰中，
一系文武忠孝的民風，
維繫華風麗采的文明。
在歌管琴弦的細樂裏，
建起畫樑雕棟的殿宇。
從木雕的窗櫺縫隙，
窺見歷史的窄縫，古今時空轉移。

㈦「宮室之麗，擬於王者。」

巍巍的王族都姓木，
佃農小民只好姓和，

「和睦」「和木」諧音，
表示共依共存的情愫。
然而十八樓臺、深宮內院，
是和睦打造的一草一木，
一磚一屋。如今，
麗江的水，流走千古人物，
留下一抹夕陽，一弦古樂，
在徐霞客見證下，
忘了帶走的這句話：
「宮室之麗，
擬於王者。」
仍在牆頭供人憑弔。

2001.8.11上午

九十五、洱海白族三道茶

——白族迎親的故事

㈠第一道苦茶

跋涉千山萬水到大理，
一道苦茶洗盡僕僕風塵。
飛來一朵蝴蝶是金花，
洱海情深，第一眼看到，
你也會喜歡她，
喜歡她就娶她吧！

㈡第二道核桃甜茶

抱一把三弦歌舞來提親，
紅袖多情，敬你第二道甜茶。
「下觀風吹上觀花，
蒼山雪映洱海月。」
輕歌妙舞的香格里拉，
只要你喜歡，觸動兒女心，
輕摸她頭上的墜子，
她願意嫁給你，你願意娶她嗎?

㈢第三道花椒桂皮茶

奉上三道花椒桂皮定情茶，
嗩吶鑼鼓喧騰迎金花。
三月裏來春城桃花開，
紅紅的鮮花新娘冠上插，
新郎倌綵球團團胸前掛。
親朋好友一哄而上，
掐新娘呀，掐新娘。

2001.8.12

九十六、大理散記

㈠

大理的女子叫金花，
朵朵嬌豔，頭戴蝴蝶花，
銀花、杏花、荷花和茶花。
洱海無邊，蒼山連綿，
這裏的山水風月無價，
我只要買一些詩句回家。

㈡

點蒼山、蝴蝶泉，
只要有歌廳的地方都方便，
短歌行、長歌行、放歌行，
哪管它是飲馬長城窟行。
山花紅，草葉青，蒼空一片雲。

2001.8.12大理　金花的故鄉

Memories of Dali

(一)

In Dali, girls are called "golden flowers（honeysuckle flowers）."

Each one of them looks so delicate and charming, with pansy flowers, honeysuckle flowers, apricot flowers, lilies, and camellias on their heads.

Er Sea is endless.

Tsang Mountain runs continuously.

The mountain and water, wind and moon here are priceless.

I would only like to buy some poetic lines for home.

(二)

Be it Tien-tsang Mountain or Butterfly Spring,

any place would do as long as I can sing:

the shorter songs, the longer sngs, the shepherd's songs,

or even, the "Ride to the Great Wall."

The flowers are so red, the grasses are so green,

and the sky-an ocean of blue with white clouds.

（Written in 2001, August 12th, Dali-the Homeland of Honeysuckle flowers）

九十七、大理三塔采風錄

南詔擁有滄瀾江，
洱海平波孕有秀麗的白族。
大唐帝國野心勃勃，
吞併南詔，以為三月可平虜。

怒江、滄瀾江，縱貫青藏高原，
水雷湍飛、瘴雲毒霧，
大唐南征大軍折損，
屍首棄置異城，瘞旅他鄉。

我佛慈悲建塔招致客死忘魂，
承唐人的遺風線條淳樸雄渾。
塔高十六層，層層浮屠生智，
蒼山稜線一座座相疊，
洱海平波像明鏡，
塔鎮山川不變，南詔時空轉移，
《天龍八部》寫大理。

2001.8.12夜入昆明

九十八、昆明小品

㈠昆明花市

玫瑰紅、康乃馨，
荷花青蓮、滿天星，
早市花卉連根剪，
買把紅花送給思念的人。

花色紅、葉色青，
思念的人並不在昆明。
打個電話來問候，
昆明市內不聯國際情。

2001.8.13

㈡昆明果品

山竺、榴槤，
相傳湄南河的果王、果后，
清晨被人拍賣流落昆明。
紅毛丹紅絨絨的絲絲最新鮮，
水蜜桃粉粉的像小倩的臉。

只要開價就賣，
「買一袋山竺，一個一塊錢。」
「水蜜桃水水，只要你要，隨便。」

昆明水果街，如同夏季花節，
誰買的東西比比看，最便宜。
買回一袋春天，
買回一袋昆明的風月，
——不用錢。

2001.8.13

九十九、來到貴陽

沒到過的地方，
最珍貴是陽光下的足印。
沒聽過的傳奇，
今日已不是「人無三兩銀」。

城外饅頭山，小尖尖，
一座座分離不相連。
李白流放夜郎半途赦免，
如果他知道茅台酒的故鄉，
必然重寫〈將進酒〉：
「君不見，貴陽名酒天上來！」
就是大醉如泥，也要躺在夜郎。

夜郎王也許是喝了酒，
大聲喊道：「夜郎最大！」
在這偏遠的邊陲山野，
誰也不會怪他說了一些神話。

我們來到貴州，

橫跨雲貴高原。

才發現是誰揮動鞭子，

都把群山趕到貴陽來。

2001.8.13

民諺：天無三日晴，地無三里平，人無三兩銀。

一〇〇、娃娃谷

——貴陽神奇假日酒店電梯口所見

誰家的孩子不是爹娘的寶，
山溝子的小孩最可憐，
只好找洋婆子來認養……

辛酸的父母，
親手將心頭的肉，
捧給一對陌生的父母。
孩子在哭鬧，
「我不要走，我不要走……」
電梯口，電梯門關上，
淚流滿面，
再也看不清父母的臉！

娃娃谷，
一個個是青色的饅頭山，
一個個也是心頭的乳房，
讓我快快長大，
「我會回來，我會回來……」

尋找我吮吸過，
青色饅頭的故鄉。

2001. 8.14寫在貴陽貴黃公路上

一〇一、山水帖

㈠

貴陽發出的山水帖，
邀請我們來作客。
梯田曲曲折折是迎賓階，
青山大大小小攏過來迎接。

岩石的骨架，草木的外衣，
一件件穿著，品味不同。
山是沉默的仁者，不必言語，
面對著它自能心領意會。

山是群居的物華，
近山臨水，靈秀嫵媚。
中程山色黛綠如同金字塔，
遠山疊翠，彷彿沙漠駝峰，
行走於天邊稜線。
貴州的天氣是女孩的臉，
罩上薄紗又似敦煌飛仙。

(二)

白水河，黃果樹瀑布，
從青康藏高原飛奔而來，
山水帖，是武林盟主的群英會，
意氣風發，壯志凌雲，
萬噸天水從懸崖傾瀉。
於是萬馬奔騰開關赴敵，
兵戈閃爍，弓弩齊發，
沙塵滾滾淹沒了山林。

(三)

無人不被貴陽的山水鎮攝，
無法形容大自然的神奇奧秘。
江南蘇杭青山橫臥西湖春，
桂林陽朔奇山異水水中行。
我卻偏愛苗疆的山水帖，
邀我們當牧童，趕一群山水，
如同趕一群牛馬，駱駝，
從貴陽到安順去趕集。

2001.8.15

註：安順，古稱夜郎。

一〇二、九鄉遊仙窟

㈠遊仙窟

遊仙窟，神仙洞
神仙來到九鄉神仙洞，
玉皇帝，王西母，
大仙女，小仙女，
連唐僧、豬八戒都來湊熱鬧。

㈡石林

數億年前，
我們被海浪沖刷，
比起太湖石的獅子林，
我們是園林之王；
盤據在雲南宜良之鄉。
你我是魚群，
悠遊在礁石水藻間，
遊洄數億年前的海底，
回到太元。

㈢七彩雲南之火

七彩翡翠通往南疆，

六合燃燒整個雲南，

三色公路曾是抗日的命脈，

七彩雲南我們都愛你，

愛你點燃生命的火燄。

六合：昆明六大少數民族聯合雕塑置於昆明市鬧區中。

㈣苗寨

苗寨石版屋上長草，

希望工程寫在兒童臉上。

青年男女用歌聲探測未來，

風和雨訴說著雨林中的神秘。

苗家村借歌聲趕走貧窮，

苗家女子有編織不完的夢。

蠟染畫布，野豔佩袋，

流放原始文化狂熱的色彩。

2001.8.17

一〇三、雲南大學

在微雨中探訪，
論美學，談民間采風。
中文人會中文人，
真情的接待，古今的交會。

在微雨中送別，
經過明清貢院考棚，
穿越古老校園，
彷彿聽到子曰詩云的誦讀聲。
在現代銀杏林道上，
落葉片片。

2001.8.17

一〇四、歸程一片雲

不須流連，不必掛礙，
歸程像一片雲，自由自在。
儘管家鄉遠在天邊，
背負的行囊記憶已裝滿。

酌一杯普洱苦茶，
來自滇黔綠色世界，
將記憶一一咀嚼，
入口苦，過後卻十分甘甜。

2001.8.18在昆明返回途中

一〇五、雲貴采風錄

——摩梭人情歌

㈠

小阿妹、小阿妹，

有緣千里來相會。

素不相識初見面，

只怕白鶴笑豬黑。

阿妹、阿妹，

瑪達咪、瑪達咪、瑪達咪。

㈡

小阿哥、小阿哥，

隔山隔水來相會。

河水湖水都是水，

冷水燒柴慢慢熱。

阿哥、阿哥，

瑪達咪、瑪達咪、瑪達咪。

(三)

情妹妹、情妹妹，

滿山金橘你最美。

你像明月當空照，

我是星星緊相隨。

阿妹、阿妹，

瑪達咪、瑪達咪、瑪達咪。

(四)

情哥哥，情哥哥，

人心要比金子貴。

只要情意深如海，

黃鴨也會成雙對。

阿哥，阿哥，

瑪達咪、瑪達咪、瑪達咪。

一〇六、好花紅

好花紅，

好花紅，

好花生在刺黎叢唉，

好花生在刺黎叢唉，

那朵向陽，那朵紅唉！

好花紅，

好花紅，

三十六朵共一束唉，

三十六朵共一束唉，

哪朵向陽、哪朵紅唉！

2001.8.17

旅遊卷

〔福州之旅詩頁〕

一〇七、福州小札

一、

古老的閩越有八支蠻夷，

他們飲閩江的水潑灑生命。

如同老榕樹立地生根，

處處盤根錯節，展現綠意。

真實的存在是力、是美，

當地的圖騰，榕樹便成唯一。

二、

閩江千里奔來，

山川靈氣凝積鼓山下。

鼓山，像一方鼓石，

石鼓江山，江山鼓舞。

蓬勃的雲，流動的氣，

使福州匯集為百福千福的州府。

三、

東北有三寶：

人參、貂皮、烏拉草。
福州也有三寶：
壽山石、漆器和牛角。
其實，每個地方都有三寶，
天時、地利、人和，才是寶。

四、

閩江中浮出中洲島，
它是航行水中的船。
如今已裝成豪華郵輪，
載滿歡樂的旅客，
航向新世界、新世紀，
閩江的明珠，歡樂的大地。

五、

前人在土地上種植，
生產民生日需等農產品；
今人在頭髮下開拓智慧，
太陽下建立品牌：
光碟、冰原、電纜、錄像帶，
以及開發中的各種奈米科技。

六、

纜車上升，人也升騰，
站在石竹山上，手可攀雲。
俯視右側是一方碧綠的夢湖，
遠眺前方，雲煙杳杳，
是千幢萬戶的城鎮和鄉村。

道觀總是蓋在白雲裏，
托夢室也因白雲而通靈。
唐代的〈枕中記〉流傳至今，
人們的夢，一個接一個，
最好永遠不會醒！

2003.7.24

一〇八、武夷山的聯想

一、

山是空間的累積，
水是時間的延續。
武夷山的啟示：山水相乘之美，
是時空的平方，答案為永恆。

二、

由各種三角形堆砌的山，
由於平行線無限延伸的水岸。
橋是等號，你我是過客，
構成山水幾何，幾何人生。

三、

如果在危巖間架構一座弔橋，
形成了等號上一條拋物線。
在山山水水的身影中，
說明一切線形，最美的是曲線。

四、

碧水從綠意濃蔭中流出，
危巖在竹篁綠樹上浮動。
一支篙，撐開武夷山的秀麗，
一排筏，穿梭九曲溪的神祕。

五、

水是一把刀，流行於天地之間，
在青山白水中留下幾何圖案。
將岩石鏤刻成神山雕像，
像群玉山前眾仙的聚首。

他們來自山林野壑，
彎彎曲曲留下無數的水道。
他們來自碧水藍天，
將九曲溪變成神仙的彩帶。

六、

徐霞客武夷山的行蹤，
深深鏤刻在遊記中，腳跡鮮明。
他將身影比做山嵐霞光，
走過山水抹上生命的光澤。

紫陽書院抵不住江南風雨，
門墻斑剝，訴說百年苔痕。
隱屏峰下書聲如流水，
潺潺細流道盡人間理性。

朱熹的薪火，霞客的杖履，
曾添武夷山人文山水的新頁。

七、

在中國人的心目中，
水和石頭象徵財富。
的確，武夷山的山石和水勢，
是上蒼賜予人間最大的寶庫。

自然就像是一本書，
細讀其中每一頁。
一枝草，一片花葉的姿態，
都隱藏著生命的玄機和奧秘。

在萬仞壁巖下靜坐，
您將發現宇宙的神奇。
在浩浩時空下，歲月不停轉移，

惟一不移的，是千萬年不變的山水。

八、

除了筆端攝取山水的倩影，

我不曾帶走任何東西；

除了在青溪小徑悠閒走過，

像一陣風，不曾留下任何痕跡。

2003.7.26

按：㈠徐宏祖（1586—1641），明江陰人，號霞客，少時博覽輿地之書，有遠遊之志。自二十二歲始，歷時三十餘年，遠遊各地，足跡遍至十六省，將其所至，描述山川形貌，著有《徐霞客遊記》。其中遊武夷山有三篇。

㈡朱熹（1130—1200），南宋理學家。原籍婺源，僑居建州。論學以居敬窮理為主，主張格物致知。曾講學於武夷山紫陽書院，並於同安、金門等地，亦留有「朱熹講堂」遺蹟，著《四書集註》、《詩經集傳》等。

Reflections on Wu Yi Mountain

One,

Mountains are the gathering of space,

Water is the perpetuity of time.

Wu Yi Mountain reminds us: the beauty of scenery,

Is time and space squared, and the answer-eternity.

Two,

From different triangles the mountain is formed,

And the shoreline is a ceaseless parallel line.

A bridge is an equal sigh, and we are the passers-by,

Creating the geometry of scenery, the geometry of life.

Three,

If a bridge is constructed between two treacherous cliffs,

The ropes shape a perfect arch.

The waters and the mountains share their knowledge,

Explicating that the most exquislte of all lines, is the curve.

Four,

A trail of water trickling from the denseness of a forest of green,
The bamboo woods swayling beneath the colossal cliffs.
With one oar, one can expose the beauty of Wu Yi Mountain,
With a bamboo raft, one can explore and unveil the secrets of its rivers.

Five,

The water is a knife, slashing through the earth,
Carving patterns on the mountains.
Forging lava into statues of rock,
Statues like the fairies meeting in the heavens above.

They strafe through the forest,
Leaving twisted trails of water with their footsteps.
They come from the skies and the waters,
Transforming the streams and rivers into ribbons of the fairies.

Six,

Xu Xia Ke took on Wu Yi Mountain,
He recorded in his books, every step clear and fresh.
He described his shadow as the mountain mist and the fading

light,

Spreading the luster of life wherever he goes.

Zi Yang School is not able to stand against the wind and the rain,

The walls are torn, bearing the scars from a hundred years of weathering.

The chanting of scholars flows down the muntain like a river,

Sharing all the knowledge and logic of all of humanity.

Zhu Xi's candle, Xia Ke's walking stick,

Add a new page to the book of human culture.

Seven,

To the Chinese,

Water and rock symbolize wealth and value.

Indeed, The waters and rocks of Wu Yi Mountain,

Are the greatest treasures of all of humanity.

Nature is like a book,

One must read the details of every page.

Behind every blade of grass, behind every petal,

Hides the key to success in life.

Rest under the shade of the cliffs,

And you will discover the wonders of the universe.

In time, changes occur,

All except, the unchanged mountains and waters of Wu Yi Mountain.

Eight,

Besides my poems and the writings of the scenery,

I take nothing away;

Besides wandering along the streams,

Like a gentle breeze, I leave no trace.

一〇九、武夷山大學十四行詩

我們用共同的理念構築藍圖，
我們用不同的智慧結集生命。
在山水明媚的武夷山、南平，
培育世世代代的子孫。

像徐霞客杖履點過的石頭，
柳永彩筆染過的天空，
朱熹理學點燃的薪火，
融合了現代科技和人文。

銀行是金銀財富累積的山，
大學是人力銀行流動的水。
在知識經濟和數位資訊結合下，
營造一座威鎮江山的堡壘。

我們恭請啟功名家來題字，
名曰：武夷山大學。

2003.7.26

按：2003.7.25港臺海外學人訪問團參觀南平市武夷高教園區，並參與該園區籌備座談會。

建立武夷高教園區是在南平市委、市政府直接領導下，武夷山市委、市政府認真貫徹落實科教興國戰略和第三次全國教育工作會議精神，實施「建設用高新科技武裝的可持續發展的旅遊生態經濟區」戰略構想的重要舉措，是武夷山市打造國際旅遊城市品牌的具體措施，是列入南平市考核的武夷山市十大重點項目之一。

一一〇、悠悠的泉州洛陽橋

一條江把惠安、同安分隔，
一條橋把同安、惠安連接。

在風雨午後，一艘載滿村民的渡船，
在洛江中險象環生，載浮載沈。
突然空中傳來天籟：
「狂風驟雨惡浪且暫停，
好好保護船上的蔡大人。」

瞬間，浪湧平靜，渡船靠岸，
船家清點船上並無姓蔡的人民，
只有一位孕婦，是蔡姓的家人。
這位年輕女子，對天許願，
如果生下男孩，要為洛江建一座橋。

後來蔡襄分治了惠安、同安縣郡，
在洛江上築起一座石橋，造福郡民。
這則民間故事傳誦至今，
那年正是宋真宗祥符（1012）壬子。

如今，遠看是一條橋，

近看也是一條橋，

橫跨在悠悠的歲月中，

橫跨在悠悠的洛江上，

一則悠悠的民間故事，

一座悠悠的洛陽橋。

2003.7.27

按：㈠洛陽橋，原名「萬安橋」。宋代泉州太守蔡襄（1012—1067）主持建橋工程。從北宋皇祐五年（1053）至嘉祐四年（1059）前後歷七年之久，建成了這座跨江接海的大石橋。據史料記載，初建時橋長三百六十丈，寬一丈五尺，武士造像分立兩旁，造橋工程規模巨大，結構工藝技術高超，名震寰宇。

㈡洛陽橋的傳說，傳說真武大帝得道成仙時，拔劍剖腹，將自己的腸肚拋落在洛陽江中。時間一久，這些腸肚變成了龜精蛇怪，不時在江上刮風起浪，危害過往船隻和客人。有一日，一隻渡船正在過江，龜蛇兩怪突然浮出水面，大風呼呼吼，大浪翻滾，渡船被弄得要翻過去啦。這時，天頂傳來了喊聲：「蔡大人在船上，不得無禮！」龜蛇兩怪聽了，嚇得趕緊潛入江底。不一會，江面又風平浪靜了。船上旅客很驚奇，相問誰是「蔡大人」，全船沒有一個姓蔡的，只有一個莆田縣的懷孕婦女，丈夫姓蔡。那婦女自己心裏清楚，她未來的孩子一定不是簡單人物，就暗暗對天許願：「我這胎若能生下男孩，將來又能成器，一定要叫他在洛陽江上建造一座大橋。」那懷孕婦女回家後，果然生了個男孩，取名蔡襄（1012—1067），字君謨，號端。蔡襄從小聰明伶俐，愛讀詩書。等到他長大懂事時，蔡母經常對他講起當年過洛陽江落難和她許願造橋的事情，教育他要努力讀書，將來才能成器，也才能建造洛陽橋。

一一一、泉州開元寺

兩顆老榕樹屹立廟前，
千餘年來作了守護使者。
看無數善男子、善女子來此進香，
伸出枝葉擋住炎炎赤陽，
庇蔭蒼生如同佛法無邊。

廟前正中央那尊香爐，
是鎮石，是石敢當千年不變。
在紫雲大殿中近百根大柱，
頂起泉州信徒的一片青天。

爐中擁有焚香，嬝嬝不絕，
心中默念梵音，綿綿不斷。
如同〈心經〉所揭示的真諦：
渡吧，渡吧，渡到彼岸，
如惡夢醒，如蓮花覺。

瞻仰千年古剎，名為開元，
人生虛幻無常，只求一線平安。

大聖大儒早已許下諾言：
「此地古稱佛國，滿街都是聖人。」
好一塊人間淨土，好一幅警世對聯。

2003.7.28

按：開元寺為泉州最大最具代表性的佛寺。位於西街，始建於唐垂拱二年（686），全寺總面積78000平方公尺，規制宏大。其中紫雲大殿用八十六根大石柱，又稱百柱殿，與甘露戒壇均屬全國罕見的建築物。南宋大儒朱熹曾為開元寺天王殿撰聯：「此地古稱佛國，滿街都是聖人。」久佚，1938年由現代高僧弘一大師補書，成為絕妙好聯好書法，供遊人憑弔。

The Kaiyuan Temple of Quan zhou

Two banyan trees standing tall by the temple gate,
guarding the temple and its pilgrims for over a thousand years.
Like Buddha-dharma protecting sentient beings,
its branches and leaves sheltering the believers from the heat of the sun.

The incense burner in the courtyard is the foundation stone, the safeguard rock（*shi gandang*）* for the past thousand years.
A hundred pillars surround the purple-cloud, and support a heaven, for the believers of Quan zhou.

In the burner, the incense turns into fragrance,
In the minds of believers, the Sanskrit dharanis echoes.
As expounded in the *Heart Sutra*,
"Cross the ocean（of suffering）, cross the ocean, until you reach the shore of peace."
When one wakes up from a nightmare, one enlightens like a lotus flower.

I look up at this ancient temple named "Kaiyuan."

Facing the transience of human world,

a moment of peace is all I can ask for.

"Buddha-realm is it called since ancient time, sages are all around on the street."

What a pure land in the world!

What a warning for our attitude!

Author's Note: Kaiyuan temple was built in 686 A. D., the second year of Chuigong Era of Tang Dynasty. Its buildings cover an area of 78,000 square meters and it is also well-known for its splendid architecture. The Purple-cloud Hall is supported by 86 huge stone pillars so it is also referred to as the "Hundred Pillars Hall."

Another famous architecture in this temple is the Honey-dew Alter where commandments rituals are performed. The Heavenly-king Hall has a couplets written by Chu Xi（朱熹）, the most famous and influential scholar of Southern Sung Dynasty, "Buddha-realm is it called since ancient time, sages are all around on the street." Afterwards, the renowned monk Hung-I famous for his calligraphy and lofty personally, rewrote it as Chu's calligraphy has been long eroded. These couplets now become the most attractive sight-seeing spot for both its writer and its famous calligraphy.

Shi gandang is a rock that can ward off evil. The origin of *shi gandang appears* in an ancient myth in which an evil ruler, Chi You（蚩尤）endangered the world. It was only after Nu wa（女媧）, the goddess that helped to create the world, put *"Taishan shi gandang"*（the safeguard rock of Tai Mt.）that Chi You was subdued.

一一二、惠安石匠惠安女

惠安女子內柔外剛，
惠安石匠則是內剛外柔。

耘田種菜在園野，
挖溝鋪路在街上。
烈日下，面罩披巾裹成粽子，
惠安男子真是好命，
挑肩負載滿街盡是婦女。

花崗石質，又堅又硬，
打造手藝，全憑巧手和本領。
打風打雨，打不走石頭的天性，
翁仲、獅象、美女、馬牛羊，
精心打造千年不壞的永恆。

惠安石匠，打風打雨，打不走的石頭，
惠安女子，遮風遮雨，遮不住的女性。

2003.7.28

一一三、夜遊廈門鼓浪嶼

也許是神話：
上古時候，
一群飛天的信天翁，
日夜巡航在九龍江口，
生下兩顆神秘的蛋，
孵化成兩座美麗的島。

信天翁在天下呼喚牠們的孩子：
「廈門，廈門！」
海浪輕輕拍打搖籃曲：
「鼓浪嶼，鼓浪嶼！」

最早漁人，海盜出沒島上，
只有蘆葦和海鳥交織出原始。
自從輪船載著商品來此貿易，
他們發覺經商的利潤，
遠比捕魚或搶劫更有獲益。

於是他們在島上築港，

從高聳的水泥建築溜出街心。
用彩燈裝點夜的誘惑，
讓海風吹襲海島的浪漫風情。

如今，人們在海岸乘涼，排遣閒情，
搭船繞鼓浪嶼，觀賞風景。
水面燈花，燦爛有如春日花會；
夜色濛濛，遊艇撥浪前進，
猶似童年友伴蒙面捉鬼遊戲。
夜色迷人，夜風醉人，夜氣留人。

明天，我們會發現信天翁，
依然巡航在九龍江口，
它們不敢相信兩個島嶼，
竟然變成神話中的明珠。

2003.7.29

一一四、廈門南普陀山

點燃一炷香禮拜，
生命炫麗比荷花燦爛。
瞬息間薰香燃盡，
從炫爛回歸平靜。

一生有如一闋感人的樂章，
回旋著悲劇性的淒美。
佛說：「如夢如幻，名為無常。」
在南普陀的眾生中，隨風消散。

一一五、廈門炮臺

這裏曾有過一陣狂熱，
慶祝元宵似地點放烽火。
往海上射出千萬道火光，
像秋空流星劃破穹蒼。

同樣地，我也在金門馬山眺望大陸，
在巖洞深處也藏有幾門大炮。
同樣地，都是福建的兩門彈丸之地，
如今，一起憑弔「八二三」炮戰的愚昧。

2003.7.29

一一六、泉州清源山老子石像

傳說我是留下一本《道德經》，
騎牛出關而去，不知所終。
其實，是泉州府發一本護照給我，
要我在清源山落戶，領取糧票。

我是餐霞飲露，不食人間煙火，
關尹子被派去看關，他們叫我護山。
我在山口看往來行人已千年，
沒有人跟我談道，只好對山講話。
日子久了，我也舉目茫茫，
不知走向何方？

2003.7.30

在福州飛往香港的東方航空機上

按：泉州老君巖門票記載：泉州老君巖為清源山三十六洞之一。這裏有春秋時期著名哲學家、思想家老子的宋代石雕造像，是我國最大的道教石雕，為全國重點文物保護單位。

老子姓李名耳，字伯陽，一名重耳，生而白首，故號老子；耳有三漏，又號老聃。道教尊他為教主。奉《道德經》為主要經典。

據《泉州府志》記載：「石像天成，好事者略施雕琢」。石像高5.63公尺，厚6.85公尺，寬8.01公尺，席地面積為55平方公尺。左手扶膝，右手憑几，造型端莊慈祥，和藹可親，垂耳飄髯，神態浩然，為宋代石雕藝術瑰寶。原有道觀早廢，但石老君依然炳煥生光，充滿魅力，今中外遊客流連忘返。

老君造像前東西兩側，有十八方我國元代名書法家趙孟頫手書五千言《道德經》碑刻，以經、書、刻三絕廣受人稱道。

一一七、四度空間的返鄉曲

一、

家鄉是那麼遙遠，卻似乎在眼前。
繞過登高山的河，親炙過溪南的水，
如今流動在眼前，思念潮湧，
猶如九龍江滾滾滔滔，流入海洋。

二、

彷彿推開封閉半世紀的家門，
隱約間有個童年的我，
在長廊迎接漂泊的我歸來，
像封閉的純釀，打開覆瓿，
溢出沈醉已久童年夢香。

三、

那廊簷下長長寬寬的板櫈和桌子，
是家人坐過超過半世紀的風霜。
在飄風飄雨飄細雪的日子，
有星光月光燈光浸潤課本中，

我窺見殷殷期盼子女成長的慈顏。

四、

堂前小天井，是歡樂的泉源，
經歷春耕夏耘、秋的收穫。
那稻穀、圓芋、蕃薯和菜蔬，
是父母汗水洗禮後的成果，
與星光陳列在天井中，迎接冬天。

五、

在不是故鄉的故鄉，渡過半世紀，
而故鄉只是一個遙遠的名詞。
飄泊的歲月像一陣風，
有一天，我的魂魄回到故鄉，
不必驚訝，將隨風而去，飄向遠方。

2003.8.1

一一八、阿公的話

當你回到爸媽的身邊，
一切都會陌生不習慣。
但你的表現，
都代表阿公阿嬤平日的教導。

你要更加勤奮努力，
改掉以往阿嬤維護你的積習。
你要表現得更自立，
因為你的所作所為，
就是阿公阿嬤，
平日教你的成績。

每一顆樹都有年輪，
代表了生長的歷程；
每一片葉子都有脈絡，
含蘊著雨露和陽光的恩情。

2003.7.6

旅遊卷

〔美國記遊詩箋〕

一一九、美國脫口秀

兩個大男人，比手比腳，
眉目怒張，口沫橫飛，
說一段扣人心弦的小故事，
引來哄堂大笑。
這類開黃腔的幽默，
我聽不懂，真是一場美國的笑話。

一二〇、現代雕塑

在車站、飛機場或是在街頭，
年輕的男女，在陌生的地方，
情不自禁的擁吻，
這種事本來是在隱密的地方做的，
如今都展示在人來人往的公眾場合，
成了路口活的現代雕塑。

2004.7.8

一二一、列子的寓言：歧路亡羊

在交錯的美國公路上演，
515，I—40東，165出，180
或南或西，陌生的道路，都是歧路，
在70哩的速度奔馳。
決定正確的方向、難、難、難。
迷失在公路上，舉目茫茫，
迷路、迷路、迷失家的方向。

好比作家迷失在文字的排列組合，
男女迷失在情感的方陣，
現代人迷失在虛擬的網路中，
異鄉人迷失在蛛絲的公路上，
尋找未來的出路，未來的方向。

一二二、Horse的故事

剛會學走路的和元愛馬，
假裝牽一匹馬到電視機旁，
繫馬喝水。

在《詩經》中，駉的馬種，
繁殖各地像牧野上的花：
棕色、白色、雜色、有驪有黃。（驪馬色黑）
下了工，哼著〈飲馬長城窟〉的小調，
牽馬來低窪的泉口喝水。

唐太宗的照夜白，
忽必烈的流星鎚，
是奔馳歐亞大地的火。
雄渾、遒勁，不可一世的雄心，
立下汗馬功勞。

楊柳風、藍天雲，
現代人愛馬，是雙B，是積架，
Ford，Mazda，TOYOTA，

在高速公路上追逐風流，
像侶馬奔馳，
追逐明天。

2004.7.11

一二三、老鷹與烏鴉

大峽谷的藍天，
是老鷹的領空。
它巡迴盤旋萬里蒼穹，
只讓白雲陪襯它的孤獨。

松林和樹叢間，
有成群烏鴉低飛跳躍，
它們相互戲嬉為樂，
彼此嘲謔自已為何那麼黑？

一二四、馬和驢子

白色的慢慢變淡，
黑色的慢慢變灰，
美國社會是個調色板，
宇宙洪荒是座大鎔爐。

昂首闊步的高頭大馬，
跟桀傲難馴的驢子結合，
生出來的都是耐勞耐磨的騾子。

一二五、麋鹿、松鼠

麋鹿隱身叢林間，
頭上頂著枯枝在移動；
龐大的身軀羞於見人，
偶而露身喫枝頭嫩葉。

小巧松鼠，蓬鬆的尾巴，
像擎起一支雞毛撣子；
勤勞地拂拭繁花枝葉上，
昨夜殘留下來的歲月。

他們的身影也顯現街頭，
在洛杉磯、拉斯維加斯或大峽谷，
龐大的身軀都隨處可見。
在繁華的叢林，有麋鹿穿梭，
也有小小松鼠忙碌在打點生活。

2004.7.12

一二六、小黃和小孩

小黃走失了，
小孩傷心了好幾天……。
他在街頭張貼尋狗啟示，
希望善心人士幫他找回小黃。

在他記憶中，他們一起成長，
餵牠、抱牠、撫摸牠、為牠洗澡，
舔他、撲他、纏繞他、形影不離，
一起溜街、戲嬉、踢球……
共渡歡樂的歲月、快樂的童年。

他後悔那天上街，
不留意讓牠從牽狗繩逃脫，
在人潮洶湧縱橫的街道，
那裏去尋找？頓時心有所失，
眼前一片悽愴、迷茫……

數天後，聽到門外狗叫，
打開門竟然是小黃。

牠撲上身來狂舔狂吠，
他們緊抱一起、一切陰霾消散。

孩子是父母的寶，
孩子長大後，離開父母的身邊，
像船隻離開了港口。
他們甚麼時候回航？

孔子說：「父母在，不遠遊，遊必有方。」

2004.7.14

一二七、大峽谷落日

太陽工作一天，
下班前在PUB買醉，
漲紅著臉，
顛頭跌腦回到大峽谷。

在古老的中國，
它是由曦和駕車，
在崦嵫用扶桑拂去汗水，
染紅半天霞光，回到西山。

我工作了半輩子，
退休後來到大峽谷，
變成了一只落日。

好比煎蛋時一粒蛋黃，
濺起滿天滾燙的彩霞。
當地平線把門關上，
於是夜便悄悄在耳邊訴說：
滿天星斗，一夜蟲鳴。

2004.7.16

一二八、食物、鄉情

從臺灣帶來的食物，
是熟悉的味道。
習慣品嚐花生、貢糖、金桔餅，
會想起花蓮的海岸、宜蘭的龜山、
以及後山的大山和小鎮，
盛夏的樹、碧綠地像一塊翠玉。

在美國奧斯汀，
所看到的是披薩、漢堡和熱狗，
異國的食物，陌生的滋味。
雖然也有平野、小鎮和樹，
孤獨的情懷，總覺得在流浪。

每當夜來臨時，
把帶來的〈車站〉、〈雪中紅〉。
一次又一次播放，
無限鄉情彷彿回到家鄉。

2004.7.20

一二九、科羅拉多河（Colorado River）

來自大峽谷的冰水，
到奧斯汀匯成溫順的河。
河水嫵媚像清純的兒童，
兩岸青青宛如向人招手。

富貴人家都喜歡河濱居住，
親水碼頭成為聚財的水庫。
貧窮大戶只好住在都市裏，
靠勞力維生，出賣汗水。

科羅拉多河婉順流過，
富貴貧賤對它而言都一視同仁，
存在，就是最美的風景。

2004.7.17

一三〇、加州好萊塢影城巡禮

㈠環球標誌

好萊塢影城入口處，
一座環球標誌迎向您，
不銹鋼打造，永遠鮮麗，
全球人士前來觀光拍照，
美國世界，便如佛所說的：
如光、如影、如聲、如色；
如泡、如沫、如虛、如幻。

㈡鏡頭、導演

鋪上紅地毯，歡迎光臨，
您就是貴賓，受到尊崇。

攝影師高高往下攝取鏡頭，
導演誇張手勢的雕像，
往來旅客都成了主角，
電影的設計本來就很「蒙太奇」。

㈢動物表演

讓忠實的狗、贏取掌聲，

教牠翻滾、繞柱、匍匐前進。

然後放一群鴿子，飛過觀眾席，

停留在後面的窩巢。

猩猩學人樣，逗人笑鬧。

㈣致命終結者II

對抗外星人入侵，

發揮秘密光速武器。

驚險打殺、機車飛奔，

聲光音效如身歷其境。

阿諾的成名作，英雄式的驕傲。

㈤水世界（Water world）

「男人是泥做的，女人是水做的。」

紅樓智慧名言，適用全球。

好萊塢水世界表演海盜大戰，

壓寨夫人故意將水濺到觀眾席，

最具親和力的莫過於水。

㈥綠犀人史瑞克（Shrek 4D）

矮矮胖胖的侏儒，

在漢代便是討喜的角色。

如今被染成大地的犀綠，

矗立的耳朵如外星人，

為了追逐落花滾到你身邊，蝴蝶飛過來，停在你的鼻尖，

花開花香，宛如春天。

㈦蜘蛛人（Spider-man Rocks）

攀巖人去攀爬現代大樓，

鋼絲飛人可以自如往來。

學武的人比擬動物的特性，

創造凌厲的猴拳或螳螂拳。

如今學蜘蛛高來高去，

米老鼠開拓迪斯尼事業；

綠犀人和蜘蛛人，

開創好萊塢今後的視野。

㈧現場重現

當年叱吒一時的《後窗》，

希區考克神秘的身影重現。

《老人與海》的孤獨，

《大白鯊》咬人在海塘擱淺。

使你陷身於舊金山大地震中，

橋斷車裂，驚險似夢，

人生如戲，虛幻人間。

2004.7.24

一三一、旅美見聞

㈠三代華僑

上代華僑靠三把刀，
在舊金山闖蕩。

這一代華僑，
在大陸，在臺灣，
因動亂一世，流浪一生；
總算在美加，
為下一代找到故鄉。

㈡牢房與天堂

美國，退休老人的牢房，
年輕人創業的天堂。

㈢安全帶

「嗨！」警察突然攔下你的車子，
「請問您有沒有多餘的七十五元？」
「為什麼？」

「您的安全帶沒扣上！」

Do you have extra 75 dollars in your wallet?

㈣美麗之島

在海外看臺灣，
中共東山島軍演，
臺灣漢光演習，
七二中南部土石流災害，
臺南東山鄉警匪槍戰，
新竹六歲女童被姦殺……
軍演、災害、搶奪、綁架、撕票，
美麗之島？婆娑之洋？

㈤短裙

一個美國小孩在都市迷路，
警察對小孩說：
「你為什麼不拉住媽媽的裙子？」
「媽媽的裙子太短，
我拉不到。」

㈥最大和最小

在美國開車，

人最大，先讓行人通過。
三個人裏面就有一個胖子，
用的是大號沙發、大號床，
吃的是大號漢堡、大號冰淇淋，
看的是大峽谷、尼加拉大瀑布。

只有給人的小費最小，
還有在大峽谷面前，
人跟螞蟻一樣微細渺小。

㈦後窗

後窗外一片青草地，
草地外一排墨綠橡樹。
橡樹上烏鶖、麻雀和松鼠，
像落葉落到草地上覓食，
不時送來清脆的鳥聲，
和陣陣清風。

㈧車子・狗

每家公寓裏養了兩樣動的東西，
至少有一部車子和一隻狗。
車子最好停在自己家門口，
那隻狗清早排便，

最好排在別人家草地上。

㈨美麗的九芎樹

九芎樹夏日開花，
散開如一叢叢花束。
栽種在公寓、商戶、大賣場前，
猶如向往來賓客獻花。
花紅、花白、花紫、花粉紅……
紅如彩霞、白如白雪、紫如水晶，
粉紅如知己，展露盛夏的熱情和風情，
笑容可掬在門口迎接您。

九芎花是盛夏自然的華采，
當年無知竟將它當柴火燒。
焚琴煮鶴的寓言今日重演，
想來愚昧，是缺乏高瞻遠見。

㈩蘋果花（我們的歌）

菩提樹、蘋果花，
人文、科技結合力量大。

晶圓電、宇宙風，
風行全球千萬種。

開發智慧的田，
領航資訊的國。

你我攜手合作，
同心齊唱我們的歌，
哼喲，哼喲……
菩提樹、蘋果花，
迎接現代，創造未來。

2004.8.6

一三二、與樹有約

遠岐家後院有三棵樹：
一棵是楓樹，另外兩棵是橡樹。
在最靠近屋子的那棵橡樹，
還搭起涼臺，可以在樹下，
聊天、乘涼、喝茶，聚首。
這是一棵百年老樹，
都聽到我們的談話。

「老橡樹呀，
我帶家人來看您已是再度重逢，
我希望與您有約，
明年再來看您。」

老樹青青，迎風搖曳，
好似在點頭招手：
「與您有約，歡迎再來，
與家人團聚！」

2004.8.2

一三三、人生幾何

我們夫婦都上了年紀，
從臺北搭機來洛杉磯，
小兒子在出口處迎接我們，
再搭機到奧斯汀，
半年沒會面，
不覺相見泫然。

不久，我們開車十小時，
到Joplin去看大兒子和孫子。
孫子已一年沒見面，
大兒子更是兩年沒見面了，
不禁相擁而泣。
相聚時日短，
分離時日多，
並約定明年再來團聚。

人生是數字的堆砌，
存在是時空的交匯。
「老天爺，告訴我，

人生能有幾個一年？」

短暫人生，存在就是美，

但願珍愛生存的每一天。

2004.8.3

一三四、I-35州際高速公路即景

平面展現直到天邊，
無盡延伸連上雲天。
草原、牧野、村落往後隱去，
車如過江之鯽，勇往直前。

富庶的德州處處青草覆蓋，
牛馬成群埋頭啃食草葉，
牠們低頭默想在白雲下，
燦爛陽光揮灑金色的未來。

玉米田、小麥田綿延不絕，
車窗外一路渲染黃金色澤。
小麥的尖芒都指向青天，
指天為證又是一個豐收的年。

從日出到日落，
車輪在跑步機上滾動。
朝發Joplin，夜宿Austin，
猶如夸父追逐一只落紅。

2004.8.5

一三五、大峽谷（Grand Canyon National Park）

君不見，飛霞千里照眼鮮，
峽谷千仞，綿連不絕到天邊。
君不見，大地撕裂地脈斷，
赭紅巖層裸露陽光下，
彷彿一場浩劫後留下的傷痕。

慕名而來站在巖頂的旅者，
都是來自千里外的訪客。
驚訝天地間竟有如此傑出的巨雕，
怵目驚心橫亙在亞利桑那西北。
細細的克羅拉多，經億載割切，
竟將大地開腸破肚，
剖開地層內千古花崗石的秘密。

這是天神賜給大自然的城堡，
藍天在上，教禿鷹逡巡守護。
奇特的山形野勢震懾人心，
飛巖突兀，深谷千仞，

山頂松林染翠，荒野山風怒吼，
大峽谷是雄渾奇偉的表徵。

大峽谷啊，大峽谷！
不知該用甚麼字眼來形容你，
或許如《千字文》所說的：
「天地玄黃，宇宙洪荒。」

2004.8.8

一三六、青青草坪

一家餐廳管理的好壞，
只要看廁所是否乾淨；
一家公司經營的優劣，
只要看前後草坪是否整齊。

踩在綠色的草地，
如同走在厚敦敦的地毯上。
加上門前的幾叢花樹，
顯得雅潔如同一首新詩。

美國詩人惠特曼《草葉集》，
描寫兒童抓起一把草葉，
問道：「這是甚麼？」
「它是包圍大地的一片生機！」

2004.8.9

一三七、鞋子

一雙雙鞋子，
排列在玄關，
猶如停泊在港灣，
一艘艘升火待發的船。

它跟我旅行漂泊，
沾有東歐的雨水，
也聽過維也納的音樂。
它好比忠僕一樣，
背負我跨過麗江，
親吻西南雲貴高原的泥土。

如今它追隨我漂洋過海，
來到亞利桑那大峽谷；
面對浩瀚的深坑，
曬過殷紅如血的落日。

它有時像深摯的好友，
陪伴我在異鄉道路上，

踏著輕盈的腳步，

與行囊合奏一曲《流浪者之歌》。

2004.8.10

Shoes

My shoes line up at the entrance hall,
like boats read to go.

They wondered and traveled with me.
In the rain of Eastern Europe they dipped.
In Vienna with music they danced.

Across the southwestern region of China,
my loyal servants carried me.
Into the water of Li River they waded.
The soil of Yun-gui plateau they kissed.

Now at the Grand Canyon of Arizona,
across the ocean from my hometown,
the massive hole they meet, the scarlet setting sun they bath.

Closest friends of mine on foreign lands,
Withmy back, "Gypsy Aires" they sing.

(Written on August 10th, 2004)

一三八、汽車和石油

美國太大，沒有車等於沒腳，
一人一部車子，剛好。
無論往那條公路，
惟我獨尊，獨來獨往無阻。

到處的冷氣全天開放，
水電儘量使用從不節制。
美國向來財大氣粗、很闊氣，
盡量揮霍吧，不必皺眉。

如果中東風急雲湧原油漲價，
美國輿論必然出面指責。
儘量儘快壓低價格，
滿足美式的個人英雄主義。

2004.8.11

一三九、奧斯汀德州大學

奧斯汀德州大學[1]地標，
是一座二十六層高的鐘樓。
鐘樓前一口噴水池，
有宙斯[2]駕三匹馬奔騰，
象徵大學教育充滿神話，
可以改變年輕人的前程。

那三匹飛騰的馬，
代表三種願望：生活、事業和感情。
各地多少的留學生來此取經，
在龐大的圖書館中吸取新知，
在教室中師生相互切磋討論，
在鐘樓前林蔭道上徘徊沈思，
每一刻鐘鐘樓發出鐘聲，
彷彿告誡往來學子珍惜寸陰。

大學城的商店街，
各類飲食店閃著鮮亮的燈，
服飾店懸掛各式T-Shirt和鞋子。

但最引人注目的是一家書城，
陳列的雜誌和書籍如書海，
偶而站在詩歌的書架旁，
打開一本無名氏的詩頁，
上面寫道：
「真實的生活和感情，
是創造事業的基準。」

2004.8.14參觀U.T.

註：1. 德州奧斯汀德州大學分校，簡稱U.T，成立於1883年，佔地共350英畝，校長Larry R. Faulkner，全校16個學院，170餘系所，17所圖書館，7所博物館，藏書約800萬冊，吉祥物為德州牛頭牛角，代表色為白色和橘色。全校教師18,000人，員工3,000人，學生數37,159人，每年取得學位者約11,000人，經費約13億美元，每學期學費3,575元，住宿費5,113元。沒有宗教色彩，男女合校。聖安東尼有分校，並有臺灣同學會。

2. 宙斯（Zeus，英名Jupiter）希臘神話中的最高神，支配正義、道德、法律、自由、結婚，是天地的主宰。

The University of Texas at Austin

Tower, the landmark of the University of Texas at Austin, is 307 feet tall.

In the fountain before the Tower,

three stallions are galloping under the reins of Zeus.

representing the myth-like successes of UT graduates.

Three flying horses, symbolizing opportunities for:

a better life, a better career, and love.

Foreign pilgrims come to this temple of knowledge every year.

In the library, in the classrooms, on the tree-lined paths before the Tower, they absorb, contemplate, and polish new knowledge.

Every quarter the Tower issues a warning,

reminding the students: time waits for no one.

Glittering lights in the food store,

T-shirts and shiny shoes in the clothes store did not attract my attention.

I was drawn into the city of books.

Flooded I was in books and magazines,

Drifting into the poetry section, I ran into a line by an anonymous poet:

"True foundation of any endeavor is your real life and real feelings."

一四〇、鳥和樹

昨夜一夜雷雨，
今朝陽光依舊璀璨。
社區外人行道上，
路邊橡樹、柏樹特別青蔥。
迎面送來清風草息，
一路跌落的鳥聲如翠玉。

奧斯汀向以橡樹著稱，
雜以九芎、綠柳和楓槭。
異國的風情，寫在木造的公寓上，
鳥鵲飛落草坪，如同流動的圖案。
但藍色的天，墨綠的樹，
以及璀璨的陽光，都處處相同。

2004.8.20

一四一、返校日

漫長的暑假終於結束，
八月十六日美國中小學開學，
這是大家期待的日子，
用歡欣的心情迎接它的來臨。

大賣場都掛起「Back to school」，
謹告學子收心專心向學。
州政府免稅三天（減輕百分之八的稅）慶祝，
讓家長購買子女入學所需用品。

於是車潮人海湧向商場，
猶如滿月時的潮水洶湧，
一波一波湧向灘頭搶購。

2004.8.16

一四二、烏鴉

三國曹孟德寫「烏鵲南飛」，
感歎離亂時老百姓不知棲息何處？
唐人張繼寫烏啼楓橋，
悲痛流落江南孤淒的身世。

美國愛倫坡的〈烏鴉詩〉，
在困窮時只換得拾塊稿費。
英國民歌中的兩隻烏鴉覓食，
對話中報導了一則暗害故事。

只有東京清晨烏鴉最聒噪，
在大聲喊道：「我是神鳥。」
其實「天下烏鴉一般黑」，
落在黑白乳牛身上不知道它烏黑，
落在綠色草坪上仍是一群污點。

2004.8.25

一四三、風息、潮汎

十年前和孫子來美國，
帶一卷忍者龜所向無敵；
十年後來看孫子，
換成哈利波特（Harry Potter）才算神奇。

去年因SARS流行大陸、臺灣，
多少人紛紛走避美國至今未歸；
今年禽流感風行亞洲，
說是自然無言的反撲和抗議。

五月風訊，八月潮訊，
猶如早期的天花、黑死病。
自然流行的為災害、為毀滅，
人間風行的卻是希望、是喜悅。

黃河河汛是當年的指標，
所謂：「十年河東，十年河西。」
如今五月風息，八月潮汛，
是現代流行的風潮和訊息。

2004.8.26

一四四、量販店暢銷書

量販店的書林林總總，
封面彩色也隨季節變動。
讀者喜愛甚麼有誰知道？
甚麼季節就吹甚什麼風！

早年奧．亨利[1]的〈最後一葉〉
帶來《錦繡人生》如秋葉通紅；
海明威[2]的《戰地鐘聲》、《老人與海》，
都成了電影腳本。
愛倫坡[3]、惠特曼[4]代表市民吶喊，
草葉片片撫慰大眾的心靈。

如今科幻、選舉風當令，
《布希傳記》、《柯林頓傳》一時風行。
《大兵的故事》、《死亡的審視》，
《異形戰場》、《終極戰士》，
未來世界不是和平而是戰爭，
反恐時代卻是恐怖小說應景[5]。

《哈利波特》每集全面燃燒，
奇幻的魔術學校人人嚮往。
哈利的好友榮恩和妙麗，
將來的發展又有誰知道？
史瑞克的造形，《尼摩魚的誕辰》，
是迪士尼創新的角色和遠景。

延續米老鼠的傳奇，
是童書討喜的原因。
成人的書籍總是總總林林，
甚麼季節就吹甚麼風。

2004.8.28

註：1. 奥・亨利（O' Henry 1862—1910），美國短篇小說家，作品將近250篇，構思精密，情節峰迴路轉，筆下人物然生動，著有《奥・亨利全集》。
2. 海明威（Heming way, Ernest 1898—1961），美國小說家，熱衷於鬥牛、釣魚、打獵，早年遍遊世界各地，作品多寫與死亡挑戰的故事，1954年獲諾貝爾文學獎。
3. 愛倫坡（Poe, Edgar Allan 1809—1849），美國詩人，短篇小說家，著有《黑貓》、《萊吉亞》等，其詩影響後來法國象徵主義作家。
4. 惠特曼（Whitman Walt 1819—1892），美國詩人，詩中表現民主主義、平等主義，以及愛國情操，著有《草葉集》、《鼓聲》等。
5. 暢銷書名：
*NEMO's birchday*尼摩魚誕辰

*Vision in death*死亡的審視

*Alien VS. Predator*異形戰場

Harry Potter and the order of the Phoenix《哈利波特與鳳凰令》第五集

Harry Potter and the Half Blood Pince《哈利波特與混血王子》第二集

一四五、Disney's in California 加州華德迪士尼樂園記遊

㈠華德迪士尼紀念館——展出林肯傳

（The Walt Disney Story）

（Of the people, by the people and for the people）

美國五元鈔票上印有林肯肖像，

紀念他在兩百年前南北戰爭中，

統一了南北，解放了黑奴，

提倡民有、民治、民享的立國精神，

奠定了民主富強的基石。

㈡原始森林遊艇

一棵樹叫木，

兩棵樹稱林，

三棵樹謂之森，

很多樹叢生在一起成為森林。

一個人曰人，

兩個人為从，
三個人成众，
很多人聚集在一起便是大眾。

迪士尼森林遊樂區，
很多人乘遊艇穿梭森林，
濃蔭蔽日，藤莽交錯。
在驚奇歡呼聲中，
體會原始的粗獷，
原始的歡樂。

㈢阿拉丁與兒童歌劇
（Aladdin & Jasmine's Story Tale）

圓型尖頂的建築，
是阿拉丁神奇的標誌，
擦拭神燈如同擦亮明天，
世界因此鮮麗而美化。

歌聲中，讓巨人變為僮僕，
魚尾草編鐘變成裙裾；
獅子變貓，麻雀變鳳凰，
香水百合變伸縮喇叭。

時光隧道隨歌聲在飛揚，
彩色的童年，歡樂的年華。
阿拉丁魔幻的指揮棒，
點化遊樂的兒童燦爛如花。

在華麗的景色和優美的旋律中，
我想起六十年前的一則童詩，
它跟〈茉莉花〉一樣潔白、芬芳：
Little star, Little star,
So high, so far,
Can you tell me,
What you are ?

㈣馬克吐溫哥倫比亞輪 （Mark Twain Columbia）

哥倫比亞輪帶你回到拓荒時代，
密西西比河的水汩汩流過。
印地安的小孩在岸邊嬉戲，
河的兩岸有猿猴、麋鹿穿梭。

馬克吐溫[1]筆下的湯姆，
刻劃出開荒者冒險精神。
西部牛仔草原的個性，

具有頑童流浪天地的胸襟。

莽莽大地，晴空萬里，
〈王子與乞丐〉，只是〈異樣人生〉。

㈤迪士尼小火車
（Disneyland Rail Road）

一列長長的火車，
一列長長的童年，
一列長長的歲月，
一直繞著園區在轉。

上上下下不同的膚色，
時空不停在變。
從那裏開始，就在那裏結束，
圓是東方《周易》的哲學。

2004.8.28~29

㈥米老鼠遊行

一群鼠輩，揮灑歡樂，
大搖大擺在迪斯尼遊行，
向群眾告別一天又過去。
歡樂隨歲月流逝，

逝去的像落葉繽紛，

偶而拾起一片褪色的往事，

從時光墜道中找回記憶，

那是曾經擁有的輝煌一葉。

註：1. 馬克吐溫（Mark Twain, 1835—1910），出生在美國密蘇里州一個拓荒者家庭，為美國小說家，著有《湯姆歷險記》、《頑童流浪記》，以及〈密西西比河上生活〉、〈女兒的秘密〉、〈不防賊警報器〉、〈王子與乞丐〉、〈異樣人生〉、〈真實與謊言〉等短篇。

一四六、拉斯維加之夜

水舞——在BELLIGO HOTEL前水池

音樂響起，
引發水舌伸出池面，
像印度弄蛇者吹笛，
百步蛇探出甕外吐信。

音樂迴旋，
千百條水蛇噴射飛舞，
向夜空裸露，喚醒水的精靈。
像水簾、像奔瀑，
像五月的油桐花，
繽紛的夏，雪樹銀花。

音樂激放，
水柱百丈，奔向蒼空。
像魔障，像暴雨，
雷霆萬鈞，像洪潮崩臨。

音樂戛然而止，

水依然是水，回歸平靜嫵媚。

拉斯維加的夜，

撫平千嬌百媚的眼睛。

2004.8.31

一四七、當我一年級

幼稚園畢業時，
師生到吊橋上丟花圈，
讓水流走，學習的第一步，
逝水長流，要捨得施予。

小學國語課本第一課：
「小小貓，跳跳跳，
小弟弟，哈哈笑！」
悲歡歲月，
正是七七抗日伊始。

初中的英語似乎很新奇，
小星星[1]叫Little Star，
那首英詩很美，
配合國文第一課，
巴金的〈繁星〉，也掉了一些思家的淚。
幸好第二課魯迅的〈秋夜〉：
「我家門前有兩棵樹，
一棵是棗樹，另外一棵也是棗樹。」

當時我用兩隻的白貓替代，
模仿創作，還被老師責備，
引來一場哄笑。

高中一年級也住校，
人人一盞煤油燈，
用毛筆寫英文，做代數，
卻鍊出一把好書法。
我體會：
只要有一棵菩堤樹，就能得道；
只要有一盞讀書燈，就能照亮前程。

上大一時還有音樂課，
老師教唱童謠：
「我是隻小小鳥，
飛就飛，叫就叫，
自由逍遙。
我不知有憂愁，
我不知有煩惱，
就是愛歡笑。」
後來我們稱那位老師，
叫「小小鳥！」哈，哈！

上研究所一年級，
我練習做研究工作，
把歷代《昭明文選》著述，
寫成一卷《選學考》[2]。
一切的起步都來自老師的啟示，
我惟一的獎狀，
是老師給我的一一承受，
不敢忘掉。

2004.9.1

註：1.〈小星星〉英詩如下：

Little Star, Little Star,
So high, so far,
Can you tell me,
What you are?

2.《選學考》是我讀師大國文研究所一年級的《治學方法》報告，由高明教授指導，後刊登於《國立臺灣師範大學國文研究所集刊》，第三期。

一四八、認識美國

㈠鈔票

每天要用錢，
就該認識鈔票和賺錢的哲學。

美國的紙鈔大小都相同，
但票額的數字和人頭都有區別：
一元是華盛頓（WASHINGTON），
五元是林肯（LINCOLN），
十元是漢墨頓（MAMLTON），
二十元是捷克遜（JACKSON），
五十元是葛林特（GRANT），
一百元票額最高是弗蘭克林（FRANLIN）。

硬幣有五種，依體積大小排列：
二十五先是夸脫，五先，一先，
最小的反而是十先令。
一元是金幣，已成收藏家的珍品。
夸脫反面各州圖案各有千秋，

有騎馬、有帆船、有州界，有花卉、有老鷹、有女神……
風貌不一，美不勝收。

天下雖有聚寶盆、搖錢樹，
天上卻沒有掉下來的金幣。
用錢如流水，賺錢如水中撈魚，
用錢容易賺錢難，
是人間不變的定律。

2004.9.5

㈡國旗

美國的公司或機關，
門口一定飄著一面大國旗，
住家的地方，也可見旗幟飛舞。
在遼闊的晴空和幅員上，
星條旗的藍白紅相襯，
是和平、安靖、美麗國土的象徵。

臺灣只有在選舉時才見到旗海，
國旗已是被利用或遭蹋的工具。
選舉後有人卻要面對國旗宣誓就職，
這是莫大的諷刺和對比。

青白紅旗已不是自由、平等、博愛的代稱，
它蘊藏著離亂、災難和對立的陰影。

2004.9.6

㈢假日

沒有比放假更興奮，
國慶日（7.4.）放煙火慶祝，
火樹銀花裝點夜的寂寞。
小孩拿煙火筒跑到街心，
雖危險卻無比快樂。

美加勞動節（9.6.）也是舉國歡騰，
不上班不上課真開心。
大賣場停車位停滿，
人們穿梭百貨與百貨間，
從早到晚，不曾厭倦。

平日默默在崗位上工作，
放假猶如花木逢春，繽紛交錯。

2004.9.6

一四九、樹

樹一列列排列成君子，
亭亭獨立從不勾肩搭背。

在臺灣蓬蓬榕樹，
遠看似一隻火雞。
鄉間一排排檳榔樹，
是綠色火燄在風中搖曳。

加州有很多大頭椰子樹，
頭上插了一叢叢花色羽毛，
遠看好比出戰的印地安戰士。
大峽谷連綿不絕的松柏常青，
枝葉翠綠鋪成一塊碧玉。
德州最多的是橡樹和棕梠，
棕梠樹葉對生像唐衫密排的鈕扣，
橡樹葉厚重如孔子所說的君子。

樹挺立天地間，
向下紮根吸取大地的精華，

向上延伸招攬雨露和陽光，
它從不攀龍附鳳，結黨營私，
它亭亭而立，是君子。

2004.9.9

一五〇、別後

自從我走後，
不知甚麼時候再能再看到你。
在白露的清晨，涼風習習，
蘆花已白了頭，
小草都頂著一滴露水。

自從我走後，
不知甚麼時候再能來看你。
希望別後像常青樹（ever-green），
四季都葉綠不凋，
與楓樹、橡樹相映成趣。

自從我走後，
歲月如流水，日居月恒，
思念如潮汐，騰湧不止。
然而秋天的夜空純淨如水，
閃爍的星斗傳來遠方的消息。

2004.9.11

下午搭機由Austin到Lax，轉回臺北。

國家圖書館出版品預行編目資料

童山人文山水詩集／邱燮友著. -- 初版 --
臺北市：萬卷樓，2005[民 94]
面；　　公分
ISBN 957－739－534－1 (平裝)

851.486　　　　　　　　　　　94013603

童山人文山水詩集

著　　者：邱燮友
發 行 人：許素真
出 版 者：萬卷樓圖書股份有限公司
臺北市羅斯福路二段 41 號 6 樓之 3
電話(02)23216565．23952992
傳真(02)23944113
劃撥帳號 15624015
出版登記證：新聞局局版臺業字第 5655 號
網　　址：http://www.wanjuan.com.tw
E－mail：wanjuan@tpts5.seed.net.tw
承印廠商：晟齊實業有限公司
定　　價：240 元
出版日期：2005 年 7 月初版

ISBN 957－739－534－1